吉野万理子

丹地陽子・絵

短編小学校❹

6年1組すきなんだ

静山社

今回は、階段《かいだん》や坂の多い街にある小学校のおはなしです。
六年一組の子たちは、いろんな「すき」に出会います。すきな子、すきなもの……
逆にすきなものがなくて、なやむ子も。

……あなたは、何かすきなもの、ありますか？

目次

「ふくらはぎ」　辰《たつ》見《み》立《り》夏《か》のはなし

学校を出ると、階段《かいだん》を上って上って、とちゅうで坂を上ってから、また階段《かいだん》を上る。家に帰るまで、なんと二百八十二段《だん》上らなきゃならないんだよ。

うちの街はずっと丘《おか》が続いてて、谷間の部分を電車が走ってるの。小学校も駅も商店街も、下の平らな土地にある。でも、そこはせまいから、大半の人が住んでるのは丘《おか》。斜面《しゃめん》に、家やマンションがずらりとならんでるんだ。

丘《おか》の下のほうに住んでたら、そんなに階段《かいだん》を上らなくていいんだけど、うちは上石丘《かみいしおか》の上にある「てっぺん公園」のすぐそばだから、ひたすら上る、上る、上る……。

なんでこんなところに住むのって、お母さんに文句いったことあるよ。そうしたらいわれた。「丘《おか》の下にある早井《はやい》駅から二駅、たった八分で都会のまんなかに行けるし、ターミナル駅で乗りかえられるし。そのわりには土地が安いから、わたしたちでも家が買えたのよ。三十年ローンだけど」だって。

たしかに出かけるときは楽ちんなんだよね。階段《かいだん》と坂を下りて行ったら、駅のすぐうら側に出るんだもん。

だからしょうがないんだけど、平らな土地に住みたいなぁ、っていうあこがれはあるよ。

家に着くと、わたしはげんかんにある大きな鏡の前で、自分のふくらはぎをうつす。お姉ちゃんがいってたんだ。この階段《かいだん》と坂道のせいで、ふくらはぎがどんどんたくましくなっちゃう、って。たしかにわたしのふくらはぎも、ひふの下にピンポン玉を入れたみたいに、ふくらんできてる気がする。

まあ、気を取り直して遊びに行こう。高いところに住んでいるおかげで、いいこともちょびっとある。

てっぺん公園に近いってこと。

この公園のてっぺん広場は広くて、南西側のなだらかな斜面《しゃめん》にそって、しばふが広がっているの。すべり台やブランコもあるし、大きな花だんもある。池もあるんだよ。わき水が出てるの。

この公園を住宅《じゅうたく》地にしようっていう話もあったけど、実現しなかった。というのも公園の持ち主は、上石《かみいし》神社なの。丘《おか》の下のほうに鳥居と本殿《ほんでん》と大きめの池があるのね。そこから丘《おか》のてっぺんに向かって、ずっと神社の敷地《しきち》があるの。昔からなので、最近できた不動産屋さんがわりこもうとしてもダメなんだよ。

てっぺん公園は、放課後、約束してなくてもだれか友達と会える可能性が高い。でも今日は早く来すぎたかな。小さい子たちがすべり台の周りで遊んでいるけど、同級生はまだいない。

わたしは、いったん家に帰ろうかと引き返した。

そのとちゅう、長い階段《かいだん》、つまりわたしが学校へ行くときに毎日使っている階段《かいだん》の前を通ったら、タッタッタッタッタッタッと速いペースでかけ上がってきたおばさんがいたの。

上は半そで、下は黒いぴたぴたのハーフパンツ、それにピンク色のシューズ。陸上をやってる人かな。でも、百メートル走とかじゃなくてトライアスロンかも。かたもウエストも太ももももガシッとしてるから。

何よりも、ふくらはぎ。もりもりっと盛《も》り上がっていて、ピンポン玉どころじゃない。テニスボールが筋肉《きんにく》のなかに入ってるみたい。

その人は、わたしの前をつっ切ってから、てっぺん公園に入っていって、今度は南側の階段《かいだん》を下りて行ったの。一度も休まないんだよ！

上から見下ろしてみたら、タッタッタッタッタと下りていく。こちらの階段《かいだん》は、上から下まで三百四十五段《だん》。切れ目なくノンストップで続いてるの。絵になる風景だから、ってわざわざ遠くから写真をとりに来る人もいるくらい。

下まで行くのかな。そこがゴールかな。わたしは手すりにつかまりながら、身を乗り出すようにして、下りていくおばさんを見つめていた。平地に着くのが見えた。

「え、マジ！」

なんと、そのおばさん、くるっと体の向きを変えて、また階段《かいだん》を上ってきたの。タッタッタッタッ。すごいなー、ペースが全然落ちないの。

知らない人なのに、おうえんしちゃって、わたしの前を通り過ぎるとき、ついはくしゅしちゃった。そしたら、こっちを見て、左手の親指上げてニコッ。うそでしょ、こんなに長い階段《かいだん》上がってきてるのに余裕《よゆう》ある〜！

おばさんはようやくストップして、両手を両ひざに当ててしばらく息を整えている。それから、ウエストポーチからボトルを取り出して、ごくごく飲んでる。

そっと後ろから近づいたつもりなのに、気づかれてた。

「このあたりに住んでる子？」

と、おばさんはいった。

「はい」

すぐ近所です、っていおうかと思ったけど、知らない人にぺらぺら家のことをしゃべらないほうがいいかと思って、やめた。

「うらやましいなぁ」

おばさんは、こっちを見て、ニッとわらう。

「え、何が？」

「だって、毎日この階段《かいだん》を上り下りできるじゃない？　おばさんね、遠くから自転車乗って来て、駅のうらの駐輪《ちゅうりん》場にとめて、ここ上ってきたの」

「トライアスロンに出るの？」

わたしは自分の想像をぶつけてみたけど、おばさんは首を横にふった。

「ううん、アドベンチャーレース」

「アドベンチャーゲーム？」

「レースよ。数日間で広大な大地をかけぬけてゴールまでたどりつくレース。三人一組とか四人一組でチャレンジするの」

「広大な大地って？」

「たとえば南米とかヨーロッパとか。高い山をよじ登ったり川を泳いでわたったり。大自然のなかで競争するの。筋力《きんりょく》が必要でしょ？　この階段《かいだん》はうってつけなのよね」

「ふーん、じゃあ、おばさんと住むところ、交かんしたいなぁ」

わたしが口をとがらせると、おばさんは真顔で、

「あら、どうして」

と、ふしぎがる。テニスボールみたいなふくらはぎの人に「そんなふくらはぎになりたくない」なんていうのは失礼だもんね。わたしは、

「いやー、階段《かいだん》ってつかれるから」

と、無難《ぶなん》ないいかたをした。するとおばさんは、

「でも、ここに住んでる人って、健康な人が多いんじゃないかな。それって、平地に家がある人間にとっては、うらやましいことよ」

という。

「え、階段《かいだん》の上に住んでる人のほうが健康なの？」

そう聞いたら、おばさんは、なんとずばり、自分のふくらはぎを指さした。

「ふくらはぎって、第二の心臓《しんぞう》っていわれてるの知ってる？」

「え！　知らない」

わたしは、体をひねって、自分のふくらはぎを見つめた。こんなところが心臓《しんぞう》っておかしいでしょ。

「血液って、心臓《しんぞう》を出て体のはしばしまで行くでしょ。今度、心臓《しんぞう》にもどってくるときに、強くおしもどす力がないと、いけないいんだよね」

考えたことなかった。血が体のなかをめぐっているのは知ってるけど、勝手にぐるぐる回ってると思ってた。

「ふくらはぎは、おしもどすポンプみたいなものなの。それをきたえるのは、坂道や階段《かいだん》なんだよ。だから、この街の人は、第二の心臓《しんぞう》を日常的にトレーニングして、健康だと思うんだよね。あら、休けい時間取りすぎちゃった。トレーニングにもどるね」

おばさんはわたしに軽く手をふって、また走り出した。さっきと同じ階段《かいだん》をまた下りていく。

「がんばってー！」

わたしは手をふった。

体をひねって、自分のふくらはぎをまじまじと見ちゃった。心臓《しんぞう》かぁ。

長い階段《かいだん》の上にある家が、前よりちょっとだけすきになれる……かも？

お姉ちゃん、もう家に帰ってるかな。わたしは走り出した。早く教えてあげたい。筋肉《きんにく》いっぱいのふくらはぎ、意外といいらしいよ、って。

「あの人は」今宮《いまみや》アレンのはなし

てっぺん公園から坂を下って、また坂を上って、となりの咲里《さり》が丘《おか》に行くところで、スマホが鳴った。今、会いに行くとちゅうの友達からだった。

「もしもし、おれ、あと十分以内で着くよ」

「いや、ごめん、今日やっぱ遊ぶのやめる」

「ええ〜」

「弟が熱出してるんだ。かーちゃん帰ってきたら病院行くんだけど、それまで家にいるから。うつるかぜだと、おまえにもうつっちゃうかもしれないからさ」

「そっか」

おれは立ち止まった。ゲームの新作で遊ぼうってさそわれたから、はりきってたんだけどな。

うつむきながらてっぺん広場にもどった。遊びに行くときは全然感じなかったんだけど、こういうとき、上り坂がきつい。

家にもどるのもつまんなくて、てっぺん広場の池を見に行った。カメが五ひきいる。下の神社の池にも五ひきいて、どちらもニホンイシガメだそうだ。神社の近くに住んでいる名木岡《なぎおか》が言ってた。

カメは岩の上で日光浴をしていて、まったく動かないからつまらない。おれは、池からそのまま小道を進み、雑木林に入っていった。一度も歩いたことのない道だ。初めてのところに来ると、おなかがキュンといたくなる。

こんなところに階段《かいだん》があるんだ。おれはびっくりした。木立をぬけたところからのびる、見晴らしのいい階段《かいだん》。生いしげる木が枝《えだ》をのばしているので、ちょっと歩きづらそうな細めの道だ。下りていこうかな、と思ったけれど、立ち止まった。

階段《かいだん》の上に、女の人が立っていたからだ。高校生くらいだろうか。今は六月で、おれは半そでTシャツにハーフパンツだけれど、その人は長そでの白いブラウスに、足元まである長いグレーのスカートをはいていた。寒がりなのか、日焼けしたくないのか。

「こんにちは」

おれはあいさつした。友達だったら「オラ！」と声をかけるところだけれど。スペイン語で「やあ！」という意味で、うちの家族はよく使っている。それを聞いた友達の間でもはやり始めたんだ。

お姉さんはにこっとわらって、

「富士山、今日はきれいよ」

と、西のほうを指差した。おれは目を見開いた。

「すげえ、富士山、ここから見えるの知らなかった。おれ、引っ越《こ》してきてまだ一年ちょいだから」

おれは、となりの咲里《さり》が丘《おか》と、その向こうの丘《おか》の間にちょこんと顔を出している、青色の富士山をじっと見た。もっとも、とても小さい。富士山は、となりのとなりの県にあるから、ここからは遠いのだ。

「うちの母さんに教えます。母さん、富士山が大すきなんだ」

「わたしもすき」

お姉さんがうなずいてくれたので、おれは続けた。

「母さんは、チリって国の出身で。湖のそばに住んでたんだけど」

いったんそこでおれは区切った。というのも、知らない人にその話をすると、「え、チリ？お母さん、外国人なの？」などと、さえぎられるからだ。

でもお姉さんは何もいわなかったので、続けた。

「その湖の向こう側に見えた山が富士山にすごく似てたんだって。ほら、見て」

おれはスマホを操作《そうさ》して、インターネットで画像を見せようと思った。でも、なぜだかつながらない。丘《おか》のてっぺんだけれど、角度によって電波のつながりが悪くなるのかな。

本当は、オソルノ山という、チリの山を見せたかったのだ。

「じゃあね」

お姉さんは、手をふって、階段《かいだん》の横にある門を入っていった。平屋の家がある。お姉さんはそのげんかんではなく、左側の通路から庭のほうへ入っていった。

おれは来た道を走ってもどった。池のわきを通って、てっぺん広場をぬけて、自分の家へ。母さんに教えてあげようと思ったのだ。ここの近所から富士山が見えるなんて、知らないだろうから。

家に着くと、母さんはまだ帰っていなかった。そういえば今日はレッスンの日だ。母さんは、市の公民館でスペイン語の初心者向け講座《こうざ》の先生をやっている。チリではスペイン語が母国語なのだ。

結局、富士山のことを話したのは、晩《ばん》ごはんのときだった。

「まあ、見たいわ。富士山を見ると、ふるさとを思い出す。プエルト・バラス、美しい街」

そういいながら、母さんは、ちょっとなみだぐんでいる。

プエルト・バラスというのは母さんが生まれ育った街だ。そこでお父さんと出会ったために、お母さんははるばる日本に来た。二回くらい里帰りしたらしいけど、おれが生まれる前のことで、まだ連れて行ってもらったことはない。

「えー、富士山が見えるって、カンちがいじゃね？」

そういってきたのは、兄ちゃんだった。高校二年生。兄ちゃんは、小さいときにプエルト・バラスに行ったことがあるそうだ。ただ、幼すぎて記憶《きおく》はほとんどないらしい。

「いや、見たもん」

「池の向こう側の細い階段《かいだん》って、おれ、知ってるぜ？　あそこを下りると、咲里《さり》が丘《おか》に早く行けるんだ」

「え、咲里《さり》が丘《おか》への近道なのか。あの道を今日初めて知ったからさ」

「雑木林を出たとこにある階段《かいだん》だろ？」

「そう！」

「あそこから富士山は見えないはず」

「見えたって。おれ、この目で見たもん。階段《かいだん》のいちばん上から。咲里《さり》が丘《おか》とその向こう

の丘《おか》の間に、まちがいなく富士山！」
おれは両目を両手の指でさした。
「でっかいマンションが建っただろ？　それのせいで見えなくなったって。だから、建設反対運動とかもあったんだってさ」
「でっかいマンション？　そんなのあったっけ」

「ほらほら、ケンカしなーい」

お母さんはふだん日本語でしゃべるけど、発音がちょっとちがって、音楽を聞いてるみたいだ。それを聞くと、おれたちは力がぬけてしまう。

「じゃあ、兄ちゃん、明日《あした》見に行こうぜ」

日曜日なので、兄ちゃんもおれも学校は休みだ。

「いいぜ。ヴァモス！」

ヴァモスはスペイン語で「よし行こう」という意味なのだ。


兄ちゃんが、池のカメを数えながら先に歩いていく。おれは、スマホで「オソルノ山」を検索《けんさく》していた。またあのお姉さんに会えたら、今度こそ見せなくちゃと思って。

画面に写真が出た。

よし。

雑木林に入った。おれはかけ出して、兄ちゃんを追いぬいた。

ほら！　と指差すつもりで、この間の階段《かいだん》の上に立つ。

「ほ……あれ？」

富士山が見えない。谷間をさえぎるように、十階建てくらいのマンションが何棟《とう》か建っている。

「やっぱ見えないだろ？」

兄ちゃんが後ろに来た。

「え、ちょっと待って。こないだ来たとき、あのマンションなかった」

「ないわけないだろ？　あそこさ、春尾駅《はるお》の近くなんだ。便利だから人気のマンションらしいぜ」

春尾駅は、うちの丘《おか》の下を走っているのとは別の路線の電車だ。

「いや……でも、絶対に！」

そうだ、あのお姉さんに証言してもらおう。いっしょに富士山を見たのだから。

おれは、階段《かいだん》わきの家のインターフォンをおした。

「おい、おまえ、何やってんの？」

兄ちゃんの質問に答える前に、

「はい」

と返事があった。お姉さんの声ではない。もっと年上の女の人だ。

「あの、近くに住んでる今宮《いまみや》っていいますけど、お姉さんいますか」

「はぁ、お待ちください」

すぐにげんかんのドアが開いた。わずかに腰《こし》の曲がりかけた白いかみのおばあさんが、顔をのぞかせる。

「どうぞ」

お兄ちゃんと顔を見合わせてから、おれは門を入って、ドアのところまで行った。知らない家なので、中までは入らないように注意する。

「あのー、お姉さんは、いないですか？」

おばあさんはため息をついた。

「またあの子、うろうろしてるのね。話をしたの？」

「あ、はい。富士山をいっしょに見て、お姉さんも『富士山がすき』って」

「だから富士山は見えないって、いってるだろ？」

後ろで兄ちゃんが、小声でつぶやく。

「やはり、そうね。美飛《みいひ》はわたしの孫でね。四年前に亡《な》くなったの」

「へ？」

おれが、おばあさんの顔を見ると、おばあさんは顔をそらす。からかわれてるんだな、と思って、おれは家のなかをのぞこうとした。

そのとき、げんかんのくつ箱の上に、絵がかざられていることに気づいた。額におさめられた、画用紙くらいのサイズの絵だ。それはこの階段《かいだん》からの風景で、中央に富士山がかかれているではないか。

「これっ！　兄ちゃん、この風景をこないだ見たんだ」

「あ、たしかに富士山だ。マンションが建つ前だな」

兄ちゃんがいうので、おれはおばあさんの横をすりぬけるようにして、その絵に近づいた。

本当だ。絵にはマンションがない。

「美飛は、ここからの風景がすきでね。よく絵をかいてたの。でも、亡《な》くなったのよ。四年前に病気で」

「や、でも、おれ、先週会って」

おばあさんはくつを脱《ぬ》いで部屋に上がると、ろうかを歩いて行った。そしてすぐにもどってきた。

「この子に会った？」

写真たての中に、にっこりわらっている女の人がいる。白いブラウスにグレーのスカート。

「そう！　この人！　服装《ふくそう》も完全に同じ」

ふふ、とおばあさんはわらった。うれしそうなわらいというよりも、苦わらいに近い感じで。

「何度も聞いたわ。この階段《かいだん》の上から、富士山を見てるんですってね。ご近所の方が教えてくれて。でも、わたしのところには、まだ会いに来てくれないの」

「え」

「今度もし見かけたら、すぐにピンポン鳴らしてくれる？」

「え、あ、はい」

「亡《な》くなったとき、十七歳《さい》でね。当時はあの子の両親もいて。でも、ふたりはもうここには住めないっていって、出て行って。わたしだけが残ってるの」

美飛さん、おばあさんに会ってあげたらいいのに。

「わかりました。今度会ったら、すぐピンポンします！」

おばあさんがていねいに頭を下げてくれる。おれたちは門を出た。

「え、つまりゆうれいってこと？」

お兄ちゃんがぶつぶつひとりごとをいっている。

階段《かいだん》の上からは、やっぱりマンションが見えた。

これから、ときどき来よう。また富士山が見えること、きっとあるはず。そんな気がしたんだ。

「九番目」名木岡月乃《なぎおかつきの》のはなし

夜、わたしはタブレットで次々と動画を見ていました。

「はい、見終わりましたぁ。はい、次ぃ」

楽しくくつろいでいる時間……ではありません！

これはノルマ。

同じクラスの仲良しから「ぜひ見てね！」「今日更新《こうしん》だからね！」って、動画を見るようにうるさくたのまれてるのでした。

次の日にくわしく感想を聞かれるから、「見てないけどまあ見たことにしとく」というのがムリなんですよ。

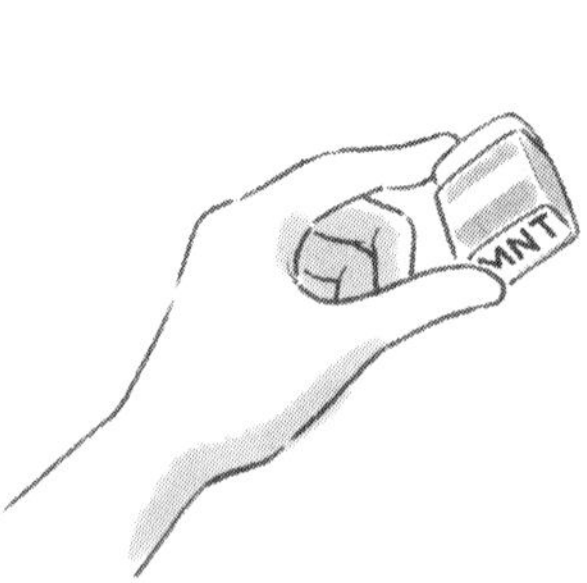

小雪《こゆき》ちゃんが推《お》してるのは「バカンス」という女子六人組のアイドルグループ。バカンスってフランス語で長期の休暇《きゅうか》という意味なんだそうです。

歌う曲は大人っぽいのに、バラエティに出演するとおバカタレントみたいに、おもしろいことをやって「わたしたち、バカンスじゃなくて、おバカンスでぇす」っていうのがウケてます。

メンバーを増やす話があって、小雪ちゃんはオーディションを受けたいとまでいってるので、動画を見て、「いいね」をポチッとおさなくてはなりません。

新しいシングルのティーザー（予告みたいな短いやつね）と、シングルに向けてのメンバーそれぞれのメッセージ。

合わせて七つに「いいね」をおさないといけないから、これはもう「業務」ですよねえ。

レジの店員さんになったことないけど、商品を次、次、次、って順に取りながら、バーコードを読み取っていくあの感じに近いのでした。

それがやっと終わって、今度は苺《いちご》ちゃんにおすすめされた動画。九人組の男性アイドルグループを推《お》してるんだそうです。「今までは、おしつけないようにしなきゃと思って、あんまり話してなかったけど、小雪ちゃんおすすめの動画を見るなら、わたしのも見てほしい！」

とのこと。ハイハイハイ、もう流れ作業でどんどん見ますよ。

「ＤＥＮＳＩＴＹ《デンシティ》」というグループ名。英語で「密度《みつど》」だって。聞いても意味わかんないんですけど〜。苺《いちご》ちゃんがいうには、「日本一密度《みつど》が濃《こ》いグループ」「最高に密度《みつど》が濃《こ》いダンス」、そういうのを目指してるグループなんだって。

動画ポチ。再生スタート。

あー、たしかにね。ダンスうまい。九人でピシッと合わせたり、時にはわざとバランスくずしたりして、おどってる。でも、こういうグループって最近多いよね。正直区別つかないんですけど……なんていったら苺ちゃんにおこられちゃう。

えーと、苺ちゃんの推《お》しはタイキだそうです。タイキとルアが、このグループのツートップでカッコよさがパーフェクトですって。

ああ、はい。タイキさん、前髪《まえがみ》ふわぁっとかきあげて、カメラ目線ばっちり。王道アイドル。ふーん、苺ちゃんはこういうタイプがすきなのですね。ルアのほうは目線がするどいワイルド系《けい》。

チームリーダーは、トモ。黒かみでまじめそう。実際、高校の成績は学年で十番以内だったらしいですよ。苺ちゃんがわたしてくれたメンバーしょうかいのメモにそう書いてありました。

それから、ミッツとマシュウとシローが、実力派《は》トリオで、人気あるんですって。苺ちゃん、似顔絵かいてくれたけど、あんまり似てなくてわかりません。って本人にはいえない。かみがただけが手がかりですね。

あ、いくつか動画を見ているうちに、わかってきた、わかってきた。いちばん高音を歌えるのがミッツ、ダンスでいちばんむずかしいパートをおどっているのがマシュウ、連続バック転やったのがシローね。

さらに個性派《は》コンビというのがいるそうです。曲の作詞《さくし》を担当《たんとう》したり、アルバムのビジュアルをプロデュースしたりするクリエイティブ系《けい》のイヅウ。あと、いちばんかみが長くて中性的なみりょくのナガイ。

メモはこれだけ。

ん？　もうひとりいない？　メモを見直したら、合計八人のことしか書いてませんでした。九人グループなのに。

残りのひとりはどこにいるの？　画面をじーっと見つめたら、その人がちらっと目線をこっちに向けました。

あ、この人が九番目の人！

やさしそうで、激《はげ》しいダンスの最中も、ちょっとほほえんでます。一曲おどる間に、全員が順番にセンターへ出るんだけど、この人はほんのいっしゅんですぐ下がっちゃうんです。あんまりダンス得意じゃないんでしょうか。でも、わたしには光って見えます。

DENSITYの公式ホームページを見に行って、確認《かくにん》しました！

名前はマナティ。

グループ内の役割《やくわり》は「いやし担当《たんとう》」って書いてあります。ああ、わかるわかる。だって
このスマイル、なごむんですもん。えくぼがいいし。
今度はマナティのプロフィールをチェック。へえ、十九歳《さい》。メンバーで大学に通ってい
るのは、マナティひとりだけだそうです。
その後、またミュージックビデオ見ました。左はしにいることが多いけど、わたしには
やっぱりそこが光って見えたんです。

次の日、学校に行くなり、わたしは苺ちゃんの席へ行きました。

「ねえ！　わたしもDENSITY、はまったかも」

苺ちゃんが、ぐわしっ、とわたしにだきついてきました。

「ええーっ、マジ？　だれ？　だれが気に入った？　わたし同担《どうたん》オッケーだからえんりょ
なくいってね！」

「ドウタンオッケー？」

よくわかんない言葉。聞き返すと、教えてくれました。

「同じ担当《たんとう》でもかんげいするってこと。タイキのファンになったら、いっしょにおうえんしよ、ってことよ」

「同じ担当《たんとう》がイヤだっていう人もいるの？」

「そう。それは同担拒否《どうたんきょひ》っていうんだ。そんなことより、だれよ？　だれだれだれ」

苺《いちご》ちゃん、大きな声でわたしにつめよるから、クラスのみんなが注目してますよ〜。

「えっとね、マナティ」

わたしがいうと、苺ちゃんは動きを止めて目をパチパチさせてます。

「まじ？　どこが？」

「やさしそうなほほえみがいいし。光って見えるもん」

「ええーっ、マナティ推《お》しの人って初めて出会いましたわーっ」

苺ちゃん、両手を口に当てて、おどろきのポーズ。

「え、あんまりおすすめじゃない？」

「うん、まだ間に合うなら、ほかの人にしたほうがいいよー。だってマナティは『お世話係』だし」

「何その、お世話係って」

「オーディションのときに、ルアのめんどうずっと見てたんだよね。ルアって、感情的になりやすいみたいで、すごくおこったり、しょんぼりしたり。そのとき、マナティがずっとそばにいて。だから、ルアをこのグループのセンターに置いとくなら、お世話係が必要ってことで、マナティが選ばれたんだと思うよ。だって、歌えないしおどれないし、キャラも全然立ってないし。マジ、明日《あした》から八人組になっても、こまらない、っていうか、気づかないかも」

へえ、そうなんだ。わたしって見る目がないですね。じゃあやめとこう。

なんてまったく思いませんでした！

なんでそんなキツいことというの？　わたしが守る。マナティくんはわたしがささえるーっ。そんな気持ちがむくむくとわきおこってきたんです。そこらの入道雲よりもはげしく、むくむくむく。ああ、これが「推《お》す」ってことなんですねえ。

「わたし、マナティがいいんだもん！」

りくつで反論《はんろん》するほど、まだマナティのことを知らないわたしは、それだけいいました。

「いいと思うよ〜。世界っていろんな人がいるから、マナティも居場所があるんだね」

苺ちゃん、言葉はなっとくしてても、口調がなっとくしてませんよ。からかってる感じがありますよ。

ふしぎです。同じ「DINSITY」の推《お》しになったら、苺ちゃんと語り合いまくって、さらに仲良しになるかと思ったのに、そうとは限らないんですね。「すき」にもいろんな種類があるみたい……？


あの日から一か月。わたしはかなり「DINSITY」にもマナティにもくわしくなりました。メンバーにはそれぞれメンバーカラーっていうのがあって、マナティはミントグリーン。だから、ミントグリーン色のハンカチを買っちゃいました。

苺ちゃんは、あの後、「マナティのこと悪くいってごめんね」と謝ってくれたんです。「いっしょに盛《も》り上がろうねー」とも。

だから、仲良くしてます。雑誌《ざっし》の切りぬきを持ってきてくれたり、テレビ出演情報を教えてくれたり、親切だし。話してると楽しいんです。

ただ……。

苺ちゃんには、マナティのカッコよさとか、やさしさとか、伝わらないから、マナティファンと出会いたい！　語り合いたいんですよねえ。

だれかいないかな。同じ学校にひとりくらいいてもおかしくないですよね？

そんなある日、ふと気づきました。

うちのクラスの尾田歌《おだうた》さん。ななめ前の席にすわってるんだけど、ペンケースがミントグリーン色なんですよね。ふーん、マナティのメンバーカラーだ、ってなんとなく思ってたんだけど。こないだ授業中に、消しゴムを落として、ころころ転がってきたから、わたしが拾ってあげたんです。そしたら、うら側にマジックペンで「ＭＮＴ」って書いてあって。

これ、マナティくんをローマ字で略して表示するときの言葉と同じなんです！　ＭＮＴと書かれたグッズも売られてるし。

も、もしかして……？　いやでも、歌さんって、全然「ＤＩＮＳＩＴＹ」の話題に入ってこないし。

話しかけようか、何日も迷いました。歌さんは、勉強もできるし、習字でも字がきれい、絵もうまい、本も読むし、いろんなことができちゃう人で、わたしとは別のグループで……軽い話をしづらいんですよね。

いやでも！　勇気を出して、ある日の放課後に聞いてみました。

「ねえ、歌さんって、マナティファン？」

ううんちっとも、とか、マナティって何？　くらいの反応もかくごしてたのに、歌さんは、少し考えてから、

「そうだけど」

と答えました。

「わーっ!　わたしも大ファンなんだ」

っていったら、

「あ、そうなんだ」

と、そっけなくいわれました。え……。

そのとき、思い出したんです。苺ちゃんがいってた「同担拒否《どうたんきょひ》」。きっと歌さんはそれだ!

せっかく仲間が見つかったと思ったのにな。

でも、すきな気持ちにはいろんな種類があるんだから、しょうがないですよね……?

「欠点」 尾《お》田《だ》歌《うた》のはなし

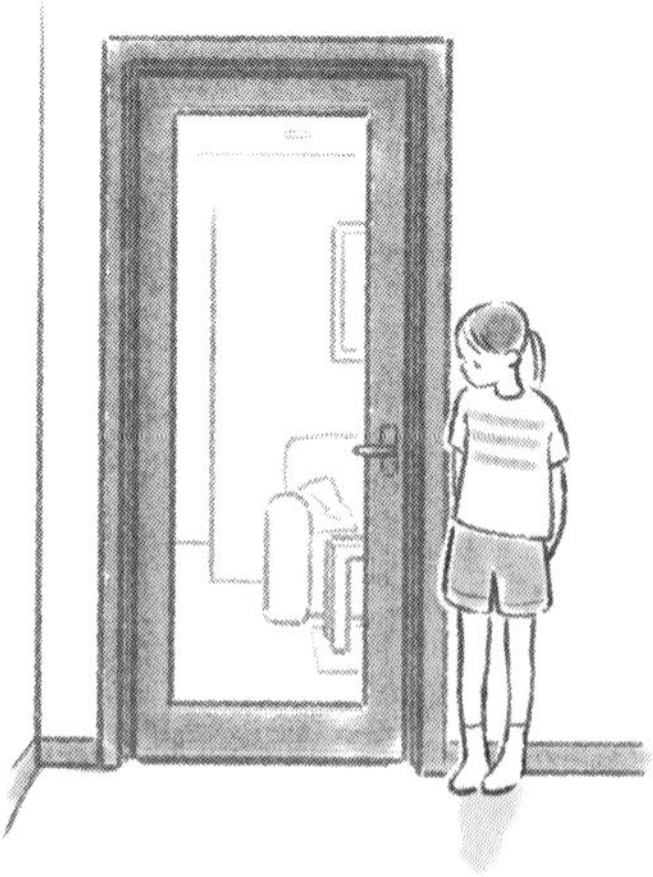

五年生の夏休みのこと。

その日は、となりの県に住んでいる宏美《ひろみ》おばちゃんが遊びに来ていた。いきなり居間に入っていって、「わっ」とおどかそう、とわたしは計画した。

学校から走って帰って、げんかんのドアをそうっと開けた。ヒールの高いくつがある。居間から話し声が聞こえてきた。

ろうかを静かに歩いて、とびらごしに、耳をすませる。どんな話をしているのかな。もし、暗い話をしているときだったら、「わっ」とおどろかせてもめいわくだから。

おばちゃんの声が聞こえてきた。

「翼《つばさ》ちゃんにも歌《うた》ちゃんにも会うの楽しみ。ふたりとも相変わらず成績優秀《ゆうしゅう》なんでしょ?」

ちょうどよさそうな話題だ。ドアノブに手をかけたところで、お母さんが返事をする。

「翼はね、深いのよね。いろんなことを考えて。それに比べると、歌は浅いのよね。広く浅く元気」

わたしは手を止めた。

浅い?

今までいわれたことなかった。いい意味ではないんだろうな、とわかってしまう。

「タイプがちがうと楽しみじゃない? それぞれの成長が」

と、おばちゃんがフォローしてくれる。

「まあそうだけど、歌は、いろんなことに興味持ちすぎて、習い事も多すぎて、でも意外と続かなくて、器用びんぼうっていうのかしら」

「あらー、そうなの?」

「たとえば、家族旅行をして、戦争資料館に行くとするじゃない? 翼はもうずっとそこにいて、出てこないで『戦争って』『平和って』と考えこむタイプ。歌は、さらっと見て、さあ次どこ行くー？　って。やっぱり、うーん、浅いのよね」

どうしていいかわからない。少なくとも今、「わっ」っておどかすタイミングではないというのはわかった。

わたしはろうかをそっと歩いて、家を出た。てっぺん公園に行くと、ブランコが空いている。そこにすわって、ぷらぷらと体をゆらした。

たしかに旅行のとき、あっちもこっちも行きたいっていうのはわたし。お姉ちゃんはたいてい「ここに行きたい」と一か所だけ名前を挙げる。

そんなお姉ちゃんは、ピアノを小学一年生のときから、中学生になっても続けている。

わたしもピアノはやった。でも、習い事は一つだけとお母さんにいわれてきたので、新しく興味を持つものができると、そのときの習い事をやめる。だから、だいたい一、二年で新しいものに移る。

ピアノは二年でやめて、スイミングにした。それから書道をやって、絵画教室もやって、今はダンス教室だ。

でも、やめなきゃよかったな、って思うものはない。ピアノを少しやったおかげでちゃんと楽譜《がくふ》をよめるし、書道のおかげで、習字でこないだ銀賞をもらえた。スイミングのおかげで、五十メートル泳げるし。

それでじゅうぶんだな、と思っていた。

わたしって浅い？

クラスではほめられることが多い。「さすがよく知ってるねー」とか「歌ちゃんに任せておけばだいじょうぶ」とか。五年生になって、みんなにすいせんされて、一学期は学級委員もやった。

だから、自分の欠点って、ちゃんと考えたことがなかった。

わたしって……浅いんだ。

どうやって直したらいいの？

テストの成績をよくする努力はできるけど、浅い性格を深くするのって？

あれからもうすぐ一年たつ。

わたしはふだん、「浅い」といわれたことを忘《わす》れている。お母さんは、立ち聞きされたことをいまだに知らない。

でも、ときどきわたしのなかで、ふわっとよみがえってくる。

今日もそう。

学校でドキッとすることがあった。

同じクラスだけどあまりしゃべったことのない名木岡月乃《なぎおかつきの》さんに、急に話しかけられた。

「ねえ、歌さんって、マナティファン？　DENSITY《デンシティ》ってアイドルグループの」

もし、考える時間があったら、「別に」とか「なんのこと？」とか、トボけたと思う。

でもあまりにとつぜんすぎて、つい、

「そうだけど」

といってしまった。

わたしのペンケースを見ているので、それでバレたんだなとわかった。よく気づいたなとおどろいてしまう。マナティのメンバーカラーと同じミントグリーンというだけなのに。消しゴムに「MNT」とマナティの略称《りゃくしょう》を書いたのも見たのだろうか。

「わーっ！　わたしも大ファンなんだ」

と、高めのテンションでいわれたので、

「そうなんだ」

と、軽く返して話を終わりにした。

名木岡さんが気まずそうにしているのが目のはしにうつるけれど、わたしは立ち上がって教室を出た。

マナティのファンだということは、だれにも知られたくなかったから。ファンどうしで話をしたいなんて思わなかった。

いつもにぎやかな苺《いちご》ちゃんがDENSITYファンだと知っていたけれど、自分から会話にくわわったこともない。

だって、いやだもの。

浅いファンだね、って思われるの。

わたしは、DENSITYがいちばんすきだけれど、ほかのアーティストもいろいろすき。だから、テレビでも、はやりのベスト50をしょうかいする番組が楽しくて、毎週録画している。

人数の多いグループはたくさんある。それをいろいろ比べるのがおもしろい。グループで目立たない人がどんなふうにがんばってるか、比べていて、気づいた。マナティがDENSITYのふんいきを作っているんだ、って。

でも、推《お》しって、そういう話をしたいわけじゃないとわかっている。その人がいかにカッコいいか、最高か、それをいい合いたいわけで……。うん、マナティだけを見つめることができないのは、わたしが浅いせいなんだろうと思う。でも、ほかの人にはいわれたくない。だから、名木岡さんにそっけなくしてしまった。

びっくりさせちゃっただろうな、ごめん。わたし、たぶんみんなに、元気で話しかけやすい人、と思われてるから。

「ねえ、きのうの『ミュージックTOP《トップ》50』見た？」

また名木岡さんに話しかけられた。いつも見ている番組だから、わたしは
「見たよ」

と答える。

「マナティ、カッコよかったね」

そういわれて、実際カッコよかったから、

「そうだね」

とだけ答える。

すると名木岡さんは、にこっとわらって、会話を終える。

最近、こういうことが続いている。

新しいシングルの予告が出た日とか、音楽番組に出た日なんかに、ひとこと、ふたこと、

話しかけられる。

少しずつ、名木岡さんに興味がわいてきた。名木岡さんはマナティのどういうところがすきなんだろう。


放課後、シューズボックスでくつをはきかえていたときだった。だれか来たな、と思ったら名木岡さんだ。さっさと帰ってもよかったんだけれど、なぜかわたしは待っていた。

ふたりで校門へ向かう。

「ねえ、今日の『夏フェス三時間祭り』に出るんだよね」

「あ、そうだね」

「楽しみだね」

「うん」

いつもならそれで会話が終わるけれど、わたしは聞いてみた。

「名木岡さんって、マナティのどこがすきなの？」

「え、わたしは顔。特に笑顔《えがお》」

「えーっ、シンプル！」

「えへへ、カッコいいなと思って。歌さんは？」

顔がすき、と教えてくれた名木岡さんに、わたしも話してみたくなった。

「わたしね、グループのなかでいちばん地味なメンバーが、そのグループの空気を作ってるんじゃないかと思って、研究してるんだ」

「研究？」

「たとえばARIES《アリエス》って仲が悪いといわれてるじゃない？　それって地味なメンバーが、ちょっとスネてるっていうかさ。どうせおれらは人気ないんで、って空気をトーク番組なんかで出してるからだと思うんだよね」

「へえ。ARIESをよく知らないんだけど、そうなんだね」

やっぱり知らないよね、と思いながら続ける。

「DENSITYは、マナティがすごくメンバーのこともグループのこともたいせつにして、まとめ役になってるでしょ？」

「そう！　わかる！」

「マナティがそうだから、グループがまとまって、DENSITYって仲いいよね、って思われるんだと思う」

「うわー、深い！　歌さんって物の見方がめちゃめちゃ深いよ」

え？　耳のなかを今の言葉がぐるぐる反響《はんきょう》する。

歌さん、深い。

そんなふうにいってくれる人もいるんだ！

わたしは続けた。

「でも、そういうりくつとは別に、顔もすき」

「だよね！」

「彫刻《ちょうこく》みたいなイケメンじゃないけど、子犬みたいなかわいさがあるよね」

「あるあるある！　すごいわかるーっ」

あ。同担《どうたん》どうしの会話がちゃんとできてる。そしてそれはとっても楽しい！

「明日《あした》も夏フェスの感想、こっそり話そうね。歌さん、マナティファンってあんまり知られたくないんでしょ？」

名木岡さんがいってきたので、わたしは答えた。

「そろそろ、知られてもいいかな？」

「え、そうなの？　じゃあ、明日《あした》は教室で話そうね！」

浅いとか深いとか、もうどうでもいいや。

明日《あした》話せるのが今から待ち遠しい。

「運命のじゃんけん」

本田《ほんだ》厚弥《あつや》のはなし

おれには野望があった。

絶対、放送委員になりたい。

五年生のとき、委員を決める日に、かぜで学校を休んでしまった。その間に、別のやつが放送委員になった。

かぜがなおってから、先生に、

「おれもやりたかったのにぃぃ」

と、うったえたけれど、

「残念だね。六年生になったらリベンジして」

と、あっさりいわれてしまった。

そう、任期は一年。だから、決まったら一年間やれるけど、ダメだと……待つのはつらい！

放送委員がやるのは、昼休みと放課後の放送。特に昼休みは、委員が交代でトークをしたり、ゲストを呼《よ》んだりする。ゲストっていっても、たとえば保健の先生が登場して、はやっているかぜについて説明する、みたいな。

今のままでも別につまんなくはないけど、おれならもっとおもしろくできる！　音楽も、いつも同じクラシックじゃなくて、はやりの音楽をしょうかいするんだ。

そんなことを想像しながら過ごして、一年がたった。

六年生になったとき、おれはギラギラしていた。

今度こそ　かぜを引かないぞ！

四月の最初の学級会の時間だった。

「じゃあ、今日は委員を決めましょう」

担任《たんにん》の東村《ひがしむら》先生がいったので、おれは両手をグーにして、気合を入れた。
先生がホワイトボードに書いていく。

・児童会役員
・図書委員
・放送委員
・美化委員
・保健委員

「それぞれ一名ずつ、このクラスから選びます。立候補《りっこうほ》したい人、希望する委員の下に名前を書きにきてください」

先生がいい終わらないうちに、おれは立ち上がって、放送委員の字の真下に「本田《ほんだ》」と書いた。

ばらばらと何人かが立ち上がり、壇上《だんじょう》に行ってはもどっていく。

みんなが着席した後、ボードを見ておれは、

「マジ？」

と思わず声を出してしまった。

書きこんだ人は全部で八人。そのうち児童会がひとりで、残りの七人は全員、放送委員希望ではないか！　そこまで人気があるのか。どうやって決めるんだろう。去年休んだからわからない。

「希望者がちょっと多いですね。そうしたら、じゃんけんになるかしら」

じゃ、じゃんけん！　気合を入れさえすれば勝てるものでもないし。と、思ったら先生が追加で救いの言葉をいってくれた。

「人数が多いので、本当に委員をやりたい人にしぼりましょう。放送委員になれなかったとき、ほかの美化委員、保健委員、図書委員をやってもいいという人だけ残ってください」

この発言で、七人のうち、なんと三人がやめた！　さらに、千葉楓《ちばかえで》が、

「図書委員でもいいです、わたし」

といってくれたので、放送委員希望者は、たった三人になったではないか。

これなら行ける。

おれと、近藤《こんどう》小雪《こゆき》と、仁志川《にしかわ》択《たく》。

自分の席で立ち上がった。おれが、両手でほっぺたをたたいて気合を入れると、みんなが、おおっ、と盛《も》り上がってくれた。

「せーの、最初はグー、じゃんけん」

チョキを出したおれは、ぼうぜんとした。

一発で負けるなんて。

そんなことある?

択もチョキで、小雪だけがグー。

せめてあいこが続いて、死闘《しとう》(?)をくり返してからじゃないと、実感がわかない。

「やったぁ」

その場でジャンプして、小雪は喜んでいる。

「じゃあ、おれ保健委員」

択がすぐにいう。どうして、ぱっと切りかえられるの？　おれがぼうっとしている間に、

「では、本田くん、美化委員でいいかな」

何それ。なんで美化委員。おれが、ガクッとうなだれると、先生はうなずいたと思ったみたいで、本田厚弥《あつや》と名前を書いてしまった。

それから二日後の放課後、初めての美化委員会が開かれた。場所は理科室。五年生と六年生、一組から四組までそれぞれ委員が出てきているから、合計八人だ。

委員長には、六年二組の立原佐鉄《たちはらさてつ》というやつが立候補《りっこうほ》した。頭がよくて、塾《じゅく》でいい成績を取っているといううわさを前に聞いた。同じクラスになったことは一度もない。

この日は自己《じこ》しょうかいと、昨年度の美化委員がやったことを先生から聞いただけで終わった。新しく自分たちがどんな仕事をしていくか、役割分担《やくわりぶんたん》をどうするかは、来週決め

ることになった。

みんなすぐ帰って、おれと立原が最後に理科室を出た。バッグは持ってきていたので、そのままシューズボックスへ向かう。

「これからよろしく」

立原が話すきっかけを作ってくれた。

「なんか、ポジティブっすね。立原くんって」

「あー、委員長になったのずうずうしかった？」

「いやいやいや、やってくれる人いて、大感謝」

「おれ、五つの委員会で、美化委員、いちばんやりたいと思ってたからさ」

「はぁ？　そんな人いるんだ！」

シューズボックスに着くと、おれのボックスと立原のボックスはけっこう近いとわかった。くつをはきかえて、校門へ向かう。周りにクラスのやつがいないことを確認《かくにん》してから、本当は放送委員になりたかったことを打ち明けた。すると、立原はうなずいた。

「あー、たしかに放送委員も楽しそうだよな」

「だろ？」

「兄きがやって、楽しそうだったよ。でも話を聞いてたらもう毎年、役割《やくわり》ができあがってて、新しくアイデア出せること、少なさそうだなと思って」

「アイデア？」

「おれ、新しいことやりたがりだから。美化委員って、ちょっとそうじの指導したりするくらいしか仕事なくて、『こういうことやろう』ってアイデア出したら通りそうだろ？」

「あ……そうだね」

美化委員をはりきってやろうとしている人、わかんない。気が合わないかも。校門を出たら、ちがう方向だといいなぁ。そんなことを思っていたのが、伝わったのかもしれない。

「本田くんも、放送委員会でやりたかったことをここでやっちゃえばいいのに」

「へ？」

「週に一度くらいのペースで、美化委員会が放送を乗っ取っちゃえばいいだろ？」

「え！　そんなことできるかな」

「一年生に正しいそうじのしかたを教える、って去年やったこうもくにあったろ？　あれ、放送で教えたら、学校全体に伝えられるじゃんか」

「そ……そうだよな！」

すげえ、と思った。

ひとつアイデアをもらうと、今度は自分の頭のなかにもうかんでくる。

「そしたらさ、『そうじの歌』って作れねーかな？」

立原がくすっとわらう。

「そうじの歌？」

「そう。おれたちで歌詞《かし》作って、音楽の先生に作曲してもらって」

「三組に、ピアノひけて曲も作れるやついるって聞いたよ。つか、そうじの歌って何？」

「昼休みの音楽、クラシックばっかじゃつまんねーと思ってて。自分が放送委員になったら、ちがう曲もかけたいなって」

「それを自分で作っちゃうのか」

「そうじの歌を週一くらいで流したら、新しい感じだろ？」

「めちゃめちゃおもしろいぞ、その感性」

立原がおれにこぶしを向けてきた。おれもこぶしを向ける。

グータッチ。

美化委員がすきになれそう、ってわれながらふしぎだな。

あのとき、じゃんけんに負けて、よかったな。

校門を出たら、おれは左に曲がる。立原は右だった。

残念！　もっと話したかった。

「また明日《あした》なっ。そっちのクラスに相談しにいくよ」

おれは手をふった。

さっそく今夜、そうじの歌の歌詞《かし》を考えてみようかな。

「ドクガ」

田《た》緑《みどり》小《こ》春《はる》のはなし

一年でいちばんすきな季節はいつ？

わたしは五月。この時期、メルヘンかな？　って思うような、すてきな景色を見ることができるから。

毎年、五月の中ごろから終わりにかけて、てっぺん公園やその周りで、白いチョウが飛ぶんだよ。たくさん、たくさん。百以上も。

広場のまんなかに立つと、まるでチョウに包まれているみたいになるの。小さいころに読んだ童話を思い出す。おひめさまが庭に出ると、白いハトたちが集まってきて、おひめさまを包みこむように飛び回るんだ。

わたしもそんな気分になっちゃう。

という話を、休み時間、後ろの席の宗近陸《むねちかりく》に話したの。陸は、上石丘《かみいしおか》に住んでいないので、このチョウのことも知らないかな、と思って。そうしたら、陸の家の近くでも、白いチョウを見ること、あるらしい。この時期、街全体に現れるのかな。でも、陸は、百ぴきも見たことないって、おどろいてた。

帰り道、わたしが坂を上っていると、後ろから、

「おい」

って声が聞こえた。

なんだ、樹《いつき》か。

菱沼《ひしぬま》樹は幼《おさな》なじみ。幼稚園《ようちえん》のときからいっしょ。

実はおひめさまの童話を読んでいた小さいころ、菱沼樹が王子さまなんじゃないか、って想像したことあるんだ。あんまりわらわないタイプだけど、意外と親切だし、頭いいし。

もちろん今はもう、ただのクラスメイト。王子さまなんて思ってないよ！

「なにー」

「おまえがまちがったことをいってたの、学校ではあえて訂正《ていせい》しなかったけど、いちおう伝えておこうと思って」

「まちがったこと？」

わたしは立ち止まった。ちょうど休みたいところだったし。長い階段《かいだん》を上っていると、だんだん足が重くなってくるんだ。

「ほら、陸に話してただろ、白いチョウが百ぴきって」

「あ、聞いてたんだ。まちがってるって何が？」

同じ上石丘に住んでいるんだから、菱沼樹だって見たことあると思うんだけど。

「チョウは一ぴき二ひきじゃなくて、一頭二頭って呼《よ》び方が正しいんだ」

「ふーん」

さすが頭のいい菱沼樹はくわしいな。でも、一頭二頭ってサイとかライオンとか、大きな生きものに対して使うイメージがあるから、チョウに使うのはなんか変な気がする。

「チョウは『ひき』のほうがいいやすいよ」

「それに、てっぺん公園で舞《ま》う白いやつらは、チョウじゃない」

「え？」

「ガだよ。あれはガ」

「うっそだーっ」

きっとじょうだんだ。菱沼樹は前から、まったくわらわないでふざけるクセがあるから。

わたしは背《せ》を向けて、また階段《かいだん》を上り始めた。

おもしろいときもあるんだけど、今はちゃんと文句をいわなきゃ。

だって、わたしのイメージがくずされてしまうもん。

百ぴきのチョウに囲まれるのは、おひめさまみたいだけど、百ぴきのガはイヤだよね？

「ガは夜飛ぶの。昼は飛ばないんですー」

わたしは、白いチョウが、ガではない理由を指摘《してき》した。君のじょうだんにはだまされませんよ。

後ろから菱沼樹がゆっくりついてくる。

「昼間に飛ぶガもいるんだぜ」

「うそ」

「ガって、日本に六千種類近くいるって知らないだろ。そのなかには、すげーチョウに似たやつや、ハチに似た黄色と黒のやつや……いろいろいる」

どうやら、じょうだんじゃないみたい。

「うちのお父さんだって、チョウ、きれいだね、っていってたよ」

「たいていの大人は、そこまで昆虫《こんちゅう》にくわしくないからね」

「じゃあ、あの白いチョウはなんていう名前のガなわけ?」

「キアシドクガ」

「はっ? ドクガって毒のガ?」

メルヘンの世界から程遠い名前……。

「そう。黄色い脚《あし》の毒のガってことだね。名前はそうだけど、毒は全然持ってないから心配しなくていいよ」

いやっ、心配とかじゃなくって！　どこからツッコんでいいか、わかんない。

「もう少しましな名前にしてよ」

「おれにいわれても」

「毒がないなら、ドクガって名前にしないでよ」

「それはおれも思う」

あーっ、いらいらする。

わたしはあくまでチョウだと思うことにする！　そう宣言《せんげん》しようと考えながら、階段《かいだん》の手すりをつかんだ。また足が重くなってきちゃったから。

「あ！　そこ、気をつけて」

菱沼樹が指さすので、わたしはドキッとして、手すりから手を引いた。

「え、なに、なに」

見ると、手すりの下側に、変なものがぶら下がっていた。クモの糸のようなものにからまっている黄色と黒の物体。

「サナギだよ」

「む、虫の？」

わたし、アゲハチョウのサナギや、カイコのサナギなら見たことあるんだけど。これ、何？

ブキミなんですけど。

「これ、うわさしてたやつ」

「え」

「キアシドクガのサナギ」

「え、えええ――――っ、さわんなくてよかった。教えてくれてありがと」

わたしがお礼をいいながら飛びのくと、菱沼樹はサナギに顔を近づけてじっと見ている。

「おれは『サナギをこわさないように気をつけて』っていいたかったんです」

何よぅ。わたしより虫にまず気をつかったってことね！

「やだ、気持ち悪い」

アゲハのサナギはきれいな緑色だった。カイコのサナギは真っ白。なのにこれは黄色に黒のもようがいっぱい入っている。よく見ると、黒い毛のような、トゲのようなものが何本か出ててさらにブキミ。

「でも、もうすぐ羽化して、真っ白な羽で、てっぺん公園に飛んでいくんだ、きっと。それでひらひら舞《ま》うわけさ」

うーん。その景色が正直、ちっとも楽しみじゃなくなってしまった。菱沼樹のせいで！


それから十日くらいたった日のこと。

夕方、ピンポン、と家のインターフォンが鳴った。モニターを見たら、菱沼樹がこっちをじっと見ている。

学校でさっきまでいっしょだったけど、なんか用？　と思ったら、菱沼樹はいった。

「てっぺん公園行こうぜ」

「は？」

「待ってるぜ」

「だれが待ってるの？」

「じゃなくて、空を舞《ま》ってるぜ。まだ百頭もいないけど、五十頭くらいは」

ああ……白いチョウ、もといキアシドクガのことか。

もう見たくなくて、てっぺん公園に行くのも忘《わす》れていたよ。

でも、菱沼樹は、わたしがくつをはくのを待っているみたいなので、しぶしぶ出かけることにした。

「あ……」

公園に着くと、強い西日をあびて、ブランコも鉄棒《てつぼう》も金色に光っている。

しばふの上を、白いキアシドクガたちが舞《ま》っている。

うーん。やっぱり……きれい。

「白くてかわいいわねえ」

「なんていうチョウなのかしらねえ」

近所のおばさんたちも、口々にいい合いながら、見とれている。

「キアシドクガって、成虫になるとなんにも食べないし、なんにも飲まないんだ」

菱沼樹がいう。

「え」

「すきな相手を見つけることだけに、命をもやして死んでいくんだぜ」

う……そういわれると、なんだかロマンチック。ドクガなのにロマンチック。

目の前のふわふわ舞《ま》う白いガたち、必死で生きてるんだな、って感じられちゃう。階段《かいだん》の手すりにぶら下がっていた、あのサナギも、成虫になってこのなかで飛び回っているのかな。

すきだった童話を思い出した。

わたしがおひめさまで、白いハト……じゃなく白いガに包まれて、そしてとなりにいる王子さまが……え、菱沼樹？

いやいやいやいやいや、そんなことないでしょ。ひとりでてれちゃう。挙動不審《ふしん》。

「食べられた」

菱沼樹《ひしぬまいつき》のはなし

今日の体育は走りはばとびだ。グラウンドに出ると、後ろからツンツンとつつかれた。今宮《いまみや》アレンだった。

「おい、おまえ、きのう田緑《たみどり》とてっぺん公園でチョウを見てただろ。あれ、デート？　テ・アモ！」

おれは目を見開いた。

「はぁ？　テ・アモって何？」

「スペイン語で〝愛してる〟だよ」

ぶるる、とおれは鼻を鳴らした。

「テ・アモじゃねえよ。あのさぁ、デートならもうちょっと遠く行くだろ。てっぺん公園は近すぎるだろ」

「まあ、な」

「それにチョウじゃなくてガだよ」

「えっ、ガなのかよ!」

アレンが食いついてきたので、話はそっちの方向に行った。

よかった。

ヘンなウワサを立てられたくないんだ。誤解《ごかい》されたくない相手がいるから。

別に田緑小春《こはる》がキライってわけじゃない。三歳《さい》くらいから知ってる幼《おさな》なじみだし。

ただ、気になってる女子がほかにいる。

同じクラスのミコ、こと広井美琴《ひろいみこと》。

もちろんそれは、アレンにはナイショだ。知ったらアレンは、クラス中のやつらを片《かた》っぱしからツンツンつついて、教えてしまうだろうから。

準備運動をしながら、ななめ前にいるミコをちらっと見る。

ミコは、うちの家のとなりに住んでいる。二年前、おれらが四年生のときに引っ越《こ》してきた。

ふつうだったら、そこで「初めまして」になるんだけど、そうじゃなかった。もともと知り合いなんだ。

うちの父さんとミコの父さんが大学生のときから親友で、「将来《しょうらい》、近くに住んで家族ぐるみで仲良くしようぜ！」って約束しあったらしい。

父さんが、「となりの家が引っ越《こ》して空き家になったよ」と伝えたら、本当に広井《ひろい》家が引っ越《こ》してきた。

だから、庭のフェンスにとびらをつけて、いつでも出入りできるようになった。月に二回くらいは、庭でバーベキューしたり、どっちかの家でパーティーしたり。

親はじょうだんで「ミコちゃんと樹《いつき》が将来《しょうらい》、結婚《けっこん》したらちょうどいいね」なんて話している。

ははは、とおれは頭をかいて苦わらいをうかべて、そんなに乗り気じゃない空気を出す。そうしながら、すばやくミコの表情を見る。すると、ミコも同じような顔をしているので安心する。おれたち、似たようなタイプなのかな、って思う。

話を元にもどすと、今は体育の時間だ。準備運動が終わって、おれたちは砂場《すなば》に移動した。先生が助走をつけて、踏《ふ》み切り線でジャンプするお手本を見せる。

みんなが順番にとぶ。二メートルから三メートル前半。うちのクラスでダントツに運動神経のいいシマこと島倫也《しまともや》が、五メートル台を出して、うぉぉぉと大さわぎになった。さわいでないのは本人だけ。

「踏《ふ》み切りがいまいちだった」

と、ぶつぶついっている。まだ記録をのばす余地があるなんてすごいな。

ミコはあんまり運動神経がよくなくて、踏《ふ》み切り線を越《こ》えてしまってやり直しになっていた。

運動神経はよくないけれど、ミコはとても器用で、いろんなものを作るんだ。特に編み物の天才。

先月、ミコに青色のマフラーをもらった。「試作品なんだけど、いる？」って。試作品といいながら、クワガタのアップリケがついてるんだ。おれが大の虫好きだと知ってるから、つけてくれたんだって。「これから夏に向かうっていうときに変だよねー、ごめん」だって。いやいやいや、とんでもない。

正直、その日以来、ミコのことを意識するようになった。だって……手編みのマフラーをわざわざくれるって、さ。試作品、っていうのは、はずかしいからそういういいかたをしただけだと思うんだ。

走りはばとび、おれの順番が来た。ミコにいいとこ見せなきゃ。

おれは助走でスピードを出した。あっ、出しすぎた。踏《ふ》み切り線を越《こ》えてしまった。たぶん三メートル三十くらい？　かなり遠くまでとんだけど、当然ながら記録は無効でやり直しになった。

ミコとおんなじミスをしたってことだ。おれたち、仲良し。へへっ、とひとりでわらっ

てしまって、先生に、

「はい、早くやり直して」

と、せかされた。


家に帰ってから、おれはクロゼットを開けた。体育の時間にいろいろ思い出したせいで、マフラーをじっくり見たいなと思ったんだ。一か月前にもらって、すぐに冬物のたんすにしまうのは残念すぎて、クロゼットのハンガーにかけておいたんだ。

あった！

首に巻《ま》いてみた。暑い。外の気温は二十五度くらい。さすがにマフラーを巻《ま》く季節ではない。

でも、このアップリケ、かわいいんだよな。

クワガタが、角をつき立てているデザインを見つめていて、おれはふと、その上に気になるものを見つけた。

何か……穴《あな》がある？

おれは、毛糸のマフラーのうら側からその穴《あな》らしきものをさぐった。青いマフラーの向こうからおれの指がのぞいた。

本当に穴《あな》が開いてるじゃないか！

そして、おれはすぐ横に、何かとても小さいものがいることに気づいた。目では判別できないくらいの、ごくわずかなホコリのようなもの。

おれはテーブルの上にマフラーを置いて、虫メガネを探《さが》した。すぐに見つかったので、その穴《あな》の横にかざした。

やっぱり！

カツオブシムシの幼虫《ようちゅう》だ！

こいつ、許せない。おれのだいじなマフラーに穴《あな》を開けるなんて。

つぶしてやる。

おれは親指を、虫の上にかざした。

三ミリくらいしかないから、虫メガネをはずすと、本当にホコリにしか見えない。

親指じゃなくても、小指のツメでもかんたんにつぶしてしまえる。

このやろう、マフラーのうらみ！　ミコにもらったたいせつな宝物《たからもの》なのに。

そう思いながら、親指を下ろしかけて、ハッとした。

今、おれ、虫を殺そうとしてた。虫がすきなのに……。

マフラーを食べてたこいつは悪くない。ちゃんとふくろに入れて、防虫剤《ざい》をいっしょに置かなかった自分が悪いんだ。

虫メガネでじっくり見た。ヒメマルカツオブシムシの幼虫《ようちゅう》だ。体から細い毒針《どくばり》のような毛がいっぱいのびていて、いかにも危険《きけん》そうだけれど、実は毒はない。

キアシドクガもそうだけど、毒がありそうに見えて実際はぜんぜんない、という虫は意外と多い。

成虫は三、四ミリの大きさで、けっこうかわいい。白と茶色と黒のまじったもよう。花のみつを吸《す》うので、庭でよく見かける。

おれは、五年生のときに家庭科で使ったフェルトの残りがあったのを思い出した。つくえの引き出しの奥《おく》に放りこんでたんだ。それを取り出して、カツオブシムシを乗せた。このフェルトならどんだけ食ってもいいぞ。

このままヒメマルカツオブシムシが羽化して成虫になるところまで観察しよう。

「ごめん、もらって間もないのにさ。使ってないのにさ。マフラーに穴《あな》が開いちゃった」

三日後の夜に、また二家族集まって庭でバーベキューをやったので、そのときミコに謝った。

「え、穴《あな》ってどんな感じ？」

そう聞くので、おそるおそる見せた。一センチ弱の大きな穴《あな》。そのまま使うと、広がっていきそうだ。

「ほら、ここ。クワガタの左上。虫に食われちゃった」

おれが指差すと、ミコはのぞきこんでわらった。

「あっ、ほんとだーっ。そしたら、アップリケもう一つつけてあげるよ」

「えっ！」

「クワガタのそばにいる、ちっちゃめの虫。何がいい？　テントウムシとか？」

「マジで！　つけてくれるの？」

「うん、そのくらいかんたんだもん。すきな虫を考えて教えてね～」

やっぱりミコ、すきだーっ。

おれは、少しこげめのついたピーマンを口に放りこんだ。ふだんならなるべく食べないけれど、今は、とってもジューシーでおいしいじゃんピーマン！　と思う。

虫は何にしようかな。

バッタやカミキリムシもいいなぁ。でもミコが提案してくれたとおりにしよう。

「テントウムシでお願いします」

「わかった！」

ああ、新しいアップリケつきのマフラー、早く首に巻《ま》きたいな。

「どっち？」広《ひろ》井《い》美《み》琴《こと》のはなし

「図書室行くの、つき合ってくんない？」

イオ様にいわれて、わたしはすぐ立ち上がった。給食を早めに食べ終わっておいてよかった。自分だけがさそわれたっていうことがうれしい。

図書室に着くと、イオ様は本を返して、次に借りる本を探《さが》し始めた。本棚《だな》の間を歩いているとき、イオ様はあんまり話しかけられたくないみたい。だから、わたしは一メートルくらい距離《きょり》を置いて、別の本を探《さが》しているふりをする。「あのさ」と声をかけられたとき、すぐに「なになに」と返事ができるように。

だって、せっかくラッキーな機会だから。今はライバルの千《ち》穂《ほ》ちゃんがいない。

イオ様、こと杉伊織《すぎいおり》は、うちのクラスで、ううん、うちの学校でいちばん人気のある女子だ。

そう書くと、事実なんだけれども違和感《いわ》がある。

イオ様はほぼ男子だから。低学年のころから、スカートをはいてきたことは一度もない。背《せ》はクラスの女子のなかではいちばん高い。男子をふくめると三番目。「おれ」っていうし、会話も「だよな」とか「だろ？」とか。かみの毛は昔から短くて、今のヘアスタイルはショートボブ。

そんなイオ様にあこがれている女子は多いんだけど、五年生のクラスがえでいっしょになって以来、いちばんそばにいさせてもらっているのが、わたし。そしてもうひとり、千穂ちゃん。

千穂ちゃんってジャマなんだよなあ、っていつも思ってしまう。イオ様に「こいつ心がせまい」って思われるのがイヤだから、千穂ちゃんともにこやかに話してるけどね！　でも、向こうもおんなじだと思う。ふつうにしゃべってるけど、わたしがかぜ引いて休んだらガッツポーズするんじゃないかなぁ。

イオ様がどっちに話しかけるか、というのはとても大事。だから今日みたいに、わたしだけに「図書室行こう」っていってくれたのはめずらしくて「やったー」と心のなかでガッツポーズ。といっても、わたしが選ばれたというより単に、千穂《ちほ》ちゃんは給食当番で、後かたづけがいそがしくて席にいなかっただけなんだけど。

イオ様は新しい本を借りた。外国の小説みたいで分厚い。前はマネして、その本を後から借りたり、同じ作者の別の本を読んでみたりした。でも、わたしにはむずかしすぎてあきらめた。

「ねえ、イオ、青いTシャツ似合ってるねー」

ろうかを歩きながら、わたしは服をほめた。その長そでTシャツ、見たことがないからたぶん買ったばかりだと思う。胸元《むなもと》にマルと三角を組み合わせたロゴが入ってて、大人っぽい。

ちなみに「イオ様」っていうのはわたしの脳内《のうない》だけの呼《よ》び方。そんなふうに祭り上げら

愛読者カード

ご購読ありがとうございました。今後の参考とさせていただきますので、ご協力をお願いいたします。また、新刊案内等をお送りさせていただくことがあります。

【1】本のタイトルをお書きください。

【2】この本を何でお知りになりましたか。

1.新聞広告（　　　　　　　　　　　新聞）　2.書店で実物を見て

3.図書館・図書室で　4.人にすすめられて　5.インターネット

6.その他（　　　　　　　　　　　　　　　　）

【3】お買い求めになった理由をお聞かせください。

1.タイトルにひかれて　2.テーマやジャンルに興味があるので

3.作家・画家のファン　4.カバーデザインが良かったから

5.その他（　　　　　　　　　　　　　　　　）

【4】毎号読んでいる新聞・雑誌を教えてください。

【5】最近読んで面白かった本や、これから読んでみたい作家、テーマをお書きください。

【6】本書についてのご意見、ご感想をお聞かせください。

●ご記入のご感想を、広告等、本のPRに使わせていただいてもよろしいですか。
下の□に✓をご記入ください。　□ 実名で可　□ 匿名で可　□ 不可

ご協力ありがとうございました。

郵便はがき

料金受取人払郵便

麹町局承認

1109

差出有効期間
2025年5月
31日まで

(切手をはらずに
ご投函ください)

102-8790

206

(受取人)
東京都千代田区九段北
一―十五―十五
瑞鳥ビル五階

静山社 行

住所	〒 都道府県		
フリガナ		年齢	歳
氏名			
		性別	男 女
TEL	( )		
E-Mail			

静山社ウェブサイト www.sayzansha.com

れるのはイオ様、すきじゃないから、会話するときは「イオ」なんだ。

「うん、親せきのおじちゃんがくれた。青色すきだろ、って」

「あー、うんうん」

わたしはうなずいた。

イオ様は前から青がすきなのだ。わたしたち六年一組は、今度の運動会でも青組だし。だからわたしはこっそり青色のマフラーを編んだ。思いついたのが三月で、できあがったのが四月だったので、秋が来たらわたすつもりだ。

するとイオ様がいう。

「まあ、もらったから着てるけど、ほんとはおれ最近、青よりむらさきのほうがすきなんだよな」

「えっ、そうなんだ！」

「青ってメジャーすぎるから。むらさきのほうが個性的じゃね？」

「ああ、うん、そうかも。イオはむらさきも似合いそうだね！」

いいながら、わたしの目は泳いでしまう。マフラー、どうしよう。編み直さなきゃ。

すぐにむらさきの毛糸を買い直した。秋までにできればいいんだから、作る時間はたっぷりあるからいいんだけど、この青いマフラー、どうしよう。わたしははじめに赤いマフラーを作ったから、自分の分はもうあるんだよね……。

お父さんとお母さんに聞いてみたら、お父さんはグレーと黒のストライプがいいとか、お母さんはあわいピンクがいいとか、みんなわがまま！

「じゃあ、樹《いつき》におしつけようっと」

わたしがいうと、お母さんが、

「こら、いくらおとなりの仲良しさんだからって、樹くんにいらないものおしつけちゃ、向こうもめいわくよ」

とお説教してきた。

いいの。そういうときのための友達なんだもの！

でも、お母さんのいうことも一理ある。いやがられるとこまるから、樹に断られないように、フェルトを切って組み合わせて、クワガタのアップリケをつけておいた。案の定、これが効果的で、「わ、クワガタ！」と樹は喜んでくれた。いらないものを受け取ってくれる友達、たいせつ。感謝。

でも、ついこの間、バーベキューの夕食会の最中に樹がマフラーを持ってきたので、やっぱり返品されちゃったか！　とあせった。そうしたら、穴《あな》が開いたという報告だった。なんだ、びっくりさせないでよ、樹。もう一個、虫のアップリケをつけてあげるといったら、また喜ばれた。いいやつだ。

千穂ちゃんが土日に、京都へ行ってきたんだって。

昼休み、ベランダでイオ様と千穂ちゃんと三人、おしゃべりをしてた。

京都はここからだと遠いから、わたしはまだ一度も行ったことない。

千穂ちゃんによると、親せきのお見舞《みま》いだったから一泊《ぱく》二日であわただしかったけど、その家の近くに金閣寺《きんかくじ》があるので、そこだけは観光に行くことができたそう。

「いいなー、京都」

「わたしもいってみたい」

わたしとイオ様がほぼ同時にいうと、千穂ちゃんは、イオ様に向かって、

「中学の修学旅行が京都だよね。金閣寺《きんかくじ》のあたりなら案内できるよ」

という。

あ、ふうん、そう。でもきっと、旅行会社のガイドさんが案内してくれるから、その必要ないよー。わたしは心のなかで意地の悪いことを考える。

「金閣寺《きんかくじ》の、きれいな透《す》かしもようのしおりをテレビで見たことある〜」

わたしは、なんにも考えてない明るい感じでいった。われながら、性格悪い！　要するに、おみやげないのー？　っていいたかったんだ。

「それは知らないんだけど……」

千穂ちゃんはいっしゅん口ごもってから答えた。

「おみやげはあるよ」

ギクッと体がこわばった。いじわる発言の意図、読まれてしまった――。

一方、イオ様はむじゃき。

「えっ、マジ！」

はしゃいで、両手をぐいっと千穂ちゃんに向けてのばす。

いまさらながら、ごまかさなきゃ、と思う。いじわる発言を取りつくろうために。

せめてここは、いなくなろう。

イオ様へのおみやげ、きっとわたしがいないところでわたすつもりだったでしょ。だったら、いじわる発言のおわびに、ふたりっきりにしてあげるよ。

トイレ行ってくるー、と歩きかけようとしたら、千穂ちゃんのほうが先だった。

「ちょっと待ってて」

ベランダから教室にもどる。窓《まど》から見ていると、バッグをガサゴソさぐっていた。そして小さな紙ぶくろを二つ持って、またベランダへ出てきた。

「よかったー。うまくわたせて。ほかの子たちの買ってないから、教室でわたすのはまずいかな、って思ってたの。二色あるんだ。イオがこっちで、ミコちゃんがこっちのつもりなんだけど、逆でもいいよ」

えっ。固まってしまった。

わたしの分のおみやげも……あるの？

千穂ちゃんにきらわれてると思ってた。イオ様の前では友達のふりをしているけど、本当はジャマだなぁ、って考えてるはずだ、と。

もしかして、すごくすごくカンちがいしてた？

三人で仲良しだったのに、わたしだけがイオ様のこと見つめてた？

もらった紙ぶくろを開けてみた。

「わーっ、かわいいー」

先にイオ様が声を上げる。

ストラップだった。なんと、金平糖《こんぺいとう》がいくつもぶら下がっているの。イオ様のはブルーと黄緑と白。わたしのは赤と黄色と白。

金平糖《こんぺいとう》ってお星様みたいな形をした砂糖菓子《さとうがし》。それをプラスチックで作ってあるの。たくさんの星たちがゆらゆらゆらめく。

「め、めちゃくちゃ……かわいい」

選んでくれたときの千穂ちゃんの様子を、勝手に想像してしまう。これはイオに、こっちはミコにあげようっと。そう思って買ってくれたんだ。なのに、わたしってば。

放課後、三人で教室を出た。イオ様はもらったストラップをトートバッグのキーホルダーにぶら下げている。わたしもバッグにつけた。

イオ様とおそろいだ。千穂ちゃんのおかげで。

「ねえ、これから暑くなるのに変かもだけど、冬になったときのために、今からマフラー編もうと思うんだ。千穂ちゃん、何色がすき？」

いいながら、千穂ちゃんのすきな色なんて、全然知らなかったな、と思う。

「えーっ、マフラー。ミコちゃん編めるんだ！　さすが。わたしね、茶色系《けい》がすき」

「よーしわかった。千穂ちゃんは茶色。イオはむらさきだよね？　秋になったらわたせるように、編むね！」

週末は新しい毛糸を、さがしに行こうっと。

「ひみつ」杉伊織《すぎいおり》のはなし

今日は六年生向けの講演会があった。「ＬＧＢＴＱ」について、講師の先生の話を聞いて、スライドを見た。
ＬＧＢＴＱというのは、女の人が女の人をすき、男の人が男の人をすき、どちらの性もすき、見た目の性と実際の性がちがう、自分の性が決まってない――それをひとまとめにした言葉。
初めて聞いたわけじゃない。今までも授業でちょこちょこ出てきたし、テレビでもやってるし、前から知ってた。
おれはそのなかで「Ｔ」ってことなんだろうと思う。トランスジェンダー。

スカートをはいたことないし、下級生の女子からファンレターもらったことあるし。お母さんが、女子野球の選手だったせいかもしれない。試合を観《み》に行くと、ショートカットで筋肉《きんにく》質の女の人たちがいっぱいいいた。ズボンをはいてて、大きな声でワハハってわらう人たちで、しゃべってて楽しかった。「わたし」じゃなくて「おれ」という人も何人かいた。そういうのに小さいころからなれてて、いつの間にかそまっていったんだと思う。たぶん、クラスのみんなも、おれはそういう人なんだって、前からわかってるんだろうな。実際、今もおれの背中《せなか》に視線《しせん》が来ている。

別にそれがいやだってわけじゃない。

もともとおれは、あまのじゃくっていうか。すきな野菜は何って聞かれると、あえて「ピーマン」って答えて、みんなに「えーっ」っていわれるのが楽しいタイプ。

血液型はO型なんだけど、それがくやしくて、人数の少ないAB型だったらよかったのになぁ、と思うタイプ。

だから、LGBTQっていう少数派《は》に自分がいるのはぜんぜんいやじゃない。

ただ……おれは最近ひそかになやんでいる。

講演会が終わって、講師の先生にちょこっと相談する時間ないかなーと思ったけど、先生は学校外の人だからすぐ帰っちゃうみたいだ。ほかの人の前で聞くわけにはいかないし。それはどうしてもムリ。

だからしかたなく立ち上がって、みんなといっしょに教室へ向かった。

「ねーねー、五時間目って漢字の小テストやるんだっけ」

「マジー？　やめてほしい」

ミコと千穂《ちほ》がしゃべっている。前は、おれとミコ、おれと千穂が仲良くて、ミコと千穂はあんまり気が合っていない感じだったが、ここんとこ急に打ち解けたみたいだ。

よかった。今みたいに考え事をしたいとき、ふたりの会話をぼんやり聞いていられるのは楽なんだ。

ドン！　とかたをたたかれた。

ちょい強すぎるんだよ、と思いながらふりかえったら、やっぱりゴーだった。宮町豪太郎《みやまちごうたろう》。

ふりむいた先にすぐ顔があって、ドキッとしてしまう。

このドキッが問題なんだ。なんて思ってることはかくして、

「いてーな、なんだよ」

と聞くと、ゴーはにっとわらった。

「日曜、ヒマ？」

「ん？」

「『危険《きけん》生物展《てん》』知ってるだろ？」

「あ、ショッピングモールでやってるやつ？」

うちの駅から電車で二駅。大園《おおぞの》駅にあるショッピングモールで、今、期間限定の展示《てんじ》会をやっているんだ。『ギョギョギョギョッ！　怖《こわ》い！　危険《きけん》生物大集合』と書かれたポスターを見かけたので、気にはなってた。

「チケット二枚《まい》もらったから、行かねえ？」

「え、子どもだけで？」

「おれとおまえだったら、中学生に見えるだろ」

「まあな」

たしかに、ゴーはクラスで二番目に背《せ》が高くて、おれは三番目。ちなみに一番はシマ。

「ほかのやつ、声かけなくていいのかよ」

おれがいつもミコや千穂といっしょにいるように、ゴーにもふだん遊んでる仲間がいる。

「あいつら、みんな塾《じゅく》。おれ、中学受験しないもん。かーちゃん、がんばってくれてるけど、余計な財力はないからさ」

ゴーの家には、お父さんがいない。

「おれも受験しなーい」

それは前から決めていた。トランスジェンダーっぽい自分は、だれも知り合いのいない私立《しりつ》に行くより、今のクラスメイトの半分くらいが進学する公立中学のほうが、気をつかわなくていいから。

「そう、だから『塾《じゅく》行かない組』で遊ぼうぜ」

「オッケー」

教室にもどるまでに、約束が固まった。

ドキドキ。

この心臓《しんぞう》、なんとかならないかなぁ。


日曜日はすごい雨だった。

ショッピングモールは、雨の日のほうがこむらしい。海や山へ行こうと思っていた人たちも中止して、ぬれずに遊べるところへやってくるためだ。

だから『危険《きけん》生物展《てん》』も、けっこうこんでいた。

それでも、一つ一つ、ガラスをへだてた向こう側にいる怖《こわ》いやつを見ることができた。

ヒョウモンダコは茶色にちょっと黒いもようが入ってる、ふつうのタコに見える。でも、水そうの横に「刺激《しげき》を受けるとこうなります」っていう写真があった。黄色っぽい体に毒々しい青のはん点がうかび上がっていて、明らかに危険《きけん》だった。

「やべー！」

「でも、海辺で見たらさわっちゃいそうだ」

最後には鏡があって、「いちばんの危険《きけん》生物は人間かもしれません」というパネルがあった。

「うわー、危険《きけん》生物イオ」

「危険《きけん》はそっちだろ、ゴー」

いい合いながら、おれたちは屋上に向かった。お母さんに、喫茶《きっさ》コーナーのメロンソフトがおすすめだといわれたから。野球部の仲間と昔よく食べたんだって。

「展示《てんじ》のチケットをもらえるんだから、ソフトクリーム、おかえしにごちそうしてあげなさい」とおこづかいをもらっている。

屋上のドアを開けた。

忘《わす》れていた。どしゃぶりじゃないか。

だれもいなかった。でも、喫茶《きっさ》コーナーは開いていて、すぐそばのテーブルは、屋根があるのでぬれないですむ。

おれたちはソフトを買って、そのテーブルで食べ始めた。イスはないから、立ったままだ。

「うめー。おまえの母さんグルメだな。めちゃくちゃメロンがこくてうめー」

ほめちぎった後に、ゴーはふと真顔になった。

「で、少しは元気出た？」

「は？」

「おまえ、なんか元気なさそうだったからさ」

「え」

気づいてたのか。そしておれ、ひそかになやんでいるつもりだったのに、態度に出ていたのか。

何いってんだよー、元気元気、と思いっきりかたをぶったたいてやろうとして、おれはやめた。

せっかくゴーがしんけんに聞いてくれているんだから。自分も答えないと。

「これいったら、クラスのみんなにきらわれちゃうかも、とか、変な顔されるかも、っていうことがもしあったとする」

「うん」

「そしたら、ゴーならどうする？」

「いったら、みんなにきらわれる？」

「うん」

「そしたら、いわない」

「そうだよな」

おれはうなずいた。やっぱり何もいわないほうがいいんだ。

雨がいっそう大つぶになってきた。コンクリートの床《ゆか》のあちこちに、水たまりができている。

「でも、もしおれなら、みんなにはいわなくても、親友になら相談する」

ゴーがそういって、おれをじっと見る。

そうか。そうだよなぁ。でもなぁ。

おれはうつむいた。しばらく雨の音を聞いていた。

そして決めた。

いおう。

「おれ、スカートはく気ないし、かみを長くする気ないし、自分は女子じゃないって思ってたけどさ」

「うん」

「でも最近、おまえのこと、なんか意識しちゃうしゅんかんがあるっていうか」

一度話し始めると、言葉は次々出てきた。今、話している相手は、意識しているゴーじゃなくて、親友のゴーだから。

「すき、っていうのかどうかわかんないんだ。ただ、ドキッとすることがあって。マンガなんかにあるだろ？　そうするとおれは、本当はふつうに女子なんじゃないか。だったら、男っぽい行動してる自分は、周りをだましてることになるんじゃないか」

話を聞きながらもゴーはせっせとメロンソフトをなめている。こういうとき、食べるのをやめないところが、なんかすきだ。

「急がなくていいんじゃね？」

「え」

「女子なのかどうなのか、今決めなくてもよくね？」

食べ終わって、ゴーは続ける。

「おれさ、クラスでいちばん話してて楽しいのがイオだよ。おまえが女子でも男子でも」

おれの心臓《しんぞう》はドキッとしなかった。かわりにふわーっと血が温かく流れていく気がした。

ゴーが続ける。

「おれは、だれかをすきになるのは高校生くらいになったらにしようって決めてるんだ」

「そうなんだ？」

「ほら、うちの親、もめて離婚《りこん》したから。ああいうの見ると、『すき』って、ややこしいなって思ってさ」

「ああ……」

「いろんなこと、急がなくていいよな、って思って」

「そうだな」

「でも、おまえのソフトクリームは急いだほうがいいけどな」

ゴーにいわれて、おれはハッと手元を見た。まずい。

ソフトクリームがとけて、たらたらとコーンを伝って流れ始めている。

「うわっ」

おれはあわてて食べた。

アハハ、とゴーがわらった。

どしゃぶりで、ほかにだれもいない屋上のこの景色。

おれは一生忘《わす》れない気がする。

「むずかしい」宮町豪太郎《みやまちごうたろう》のはなし

家に帰ったら、台所からお母さんの声が聞こえてきた。電話中みたいだ。

「ふりこむ銀行口座《こうざ》を変えて、それでうまく送金できなかったってことですね？　じゃあ、明日《あした》には手続きできるでしょうか。はい、はいはい、よろしくお願いします」

話している相手はお父さんだな、とわかった。離婚《りこん》してから、お母さんはお父さんと話すとき、必ず「ですます調」になる。

お金の話はよくしている。「養育費」だ。おれを養育するためのお金。

親が離婚《りこん》した友達に話を聞くと、うちのお母さんはちょっと変わっているようだ。たとえば離婚《りこん》する前、「お父さんは仕事で帰ってこないの」などと、本当のことをいわないパターンが多いらしいのだが、お母さんは何でも話す。

結婚《けっこん》する前のお母さんは、親がすすめてくれた人を選ぶつもりだった。でも、お父さんと出会ってしまって、恋愛結婚《れんあいけっこん》を選んだそうだ。そのときは幸せだったのだけれど、時がたつにつれて、考え方や感じ方がちがう人だ、と気づいた。

お母さんは、恋愛《れんあい》っていうのは人生のごく一部だと考えていた。それ以外に大事なことがいっぱいあるから、結婚《けっこん》したらそちらに全力投球しようと思っていた。

一方のお父さんは恋愛《れんあい》がすごく大事な人で、結婚《けっこん》してからも、だれかをすきになることをやめられなかった。お母さんだけをたいせつにするということができなかった。

考え方があまりにちがうから、離婚《りこん》することにしたの、とお母さんがいったのは、去年、おれが五年生のときだった。


「あ、帰ってたの。雨すごかったね」

電話を切って、お母さんがこっちを見た。

「うん、でも帰り道はやんでた」

「え、やんでるの？　昼に買い物出たときは降《ふ》ってたのに。くやしいわぁ」

お母さんはカーテンを開けて、窓《まど》の外を見た。

「ほんとだ、やんでる」

カーテンを閉《し》めて、お母さんは台所に行った。

お母さんは何をするのも手早い。野菜をさっと洗《あら》ってざくざく切って、肉をいため始めた。おれは納豆《なっとう》を出してまぜて、切ったネギを投入した。

「危険《きけん》物体展《てん》だっけ、おもしろかった？」

「危険《きけん》生物展《てん》。まあまあかな。あ、イオにソフトクリームごちそうになった。チケットもらったお礼にって。イオのお母さんがお金くれたんだって」

「あら大変」

お母さんはフライパンの火を止めて、電話をかけた。

「お食事時にすみません。杉《すぎ》さんですか？　あ、うちの豪太郎《ごうたろう》が今日、伊織《いおり》さんにソフトクリームをごちそうになったそうで。あ、いえいえ、チケットは仕事でもらったもので、そんな別に」

食後に電話すればいいのに、と思うけれど、お母さんはいつもパッパパッパと用事をこなす。

電話が終わって、食卓《しょくたく》の準備ができた。

テレビを見ながら食べ始める。うちには、食事中はニュース番組だけ見てもいい、というルールがある。正確には「お母さんのルール」。お父さんがいたときは、バラエティ番組も見放題だった。

「さっきお父さんと話してたの?」

「そう。来週末、会いに行くのよね?」

「うん」

おれは一か月に一回、お父さんと会う決まりになっている。

本当は、お母さんは「もうお父さんと会わない」とおれにいってほしいのかな、と想像するときもある。でも、お父さんと会うのはけっこう楽しみなんだ。

次の週の土曜日、お父さんは車でむかえにきた。おしゃれにこだわりがあって、暑いのにサンダルじゃなくて、つま先のとんがった革《かわ》ぐつをはいている。

乗るとすぐに、

「映画《えいが》につき合ってくれないか？」

と聞いてきた。もちろん、おれはオッケーだといった。休みの日の計画はたいていお父さんが決めるんだ。そして、それはいつもおもしろい。

アメリカの映画《えいが》で、コメディだった。だから、わらい転げた。お父さんが選んだものがたいくつだった、ということは今まで一度もない。

「思いきりわらっちゃった」

おれがいうと、お父さんは、

「主演の女優《じょゆう》さん、ちゃんと見たか？　おれ、最近あの人がたまらなくきれいだと思うんだよな。今、イチオシ！」

そうか。栗色《くりいろ》のかみの毛がつやつやしていて、口を大きく開けてわらう陽気な役の人。前に推《お》していたのは日本の女優《じょゆう》さんだったけど、もうあきたのかな。

「これから、うまいハンバーグ食いに行こう！　あ、そこにいっしょにメシ食いたい人がいるんだ。いいか？」

「うん」

もうその人、待ってるんだろうから、ダメっていいようがないよ。

レストランは、ツタの葉におおわれた一軒《けん》家の建物だった。ドアが分厚くて重くて、古くからある店、という感じがする。

花がらのワンピースを着た女の人がもうテーブルに着いていた。おれを見て、立ち上がろうか迷ったみたいで、いっしゅん腰《こし》をうかせて、結局立ち上がらなかった。

「おまえにしょうかいしたくてな。おつき合いをしている人なんだ」

なんとかです、と小声でその人はあいさつしたけれど、よく聞き取れなかった。聞き返

さずに、

「あ、よろしくお願いします」

おれは頭を下げた。

別にびっくりはしない。だってこういうことは二度目だから。

前にもお父さんに、つき合っている人をしょうかいされた。そしてその人は、いつの間にかいなくなった。

今回の女の人は、子どもと仲良くしなきゃ！　と思うタイプみたいで、いろんなことを聞いてきた。学校は楽しいの、とか、すきな科目は何？　とか。何を答えても、たぶんこの人、明日《あした》になったら忘《わす》れてるんじゃないかなーと思いながらも、いちおう「休み時間と昼休みは楽しいです」とわらいを取ったり、「理科がまあまあすきです」とまじめに答えたりした。

二人が話をし始めたので、おれはだまってデミグラスハンバーグを味わった。

お父さんって、すきなものが多いんだよな。そしてそれは、どんどん移り変わっていく。

お父さんは幸せなのかな。お父さんといっしょにいる人も幸せなのかな。

「豪太郎は、だれかカノジョとかいないのか？」

そうお父さんに聞かれて、ドキッとした。イオに先週、「危険《きけん》生物展《てん》」を見た後でいわれたことを思い出したのだ。

イオが、「最近、おまえのこと、なんか意識しちゃうしゅんかんがある」といってきたとき、これっておれへの告白なのかな、ちがうよな、と、ずっと考えていた。

実はちょっとドキドキした。おれはイオがすきなんだろうか。

それとも、告白されたら、どんな子でもすきになっちゃうんだろうか。だとして、それはいけないことなんだろうか。

少なくともお母さんはいやだって、思うだろうな。

「小学生で、カノジョだなんだって、まだ早いでしょ」

女の人がわらう。

「いや、おれは小六のとき、デートしたことあるぞ」

と、お父さん。ふたりでああだこうだといい合っている。

「すき」にまつわることは、高校生になってからにしよう。改めてそう思う。それはただの先のばしかもしれない。でも、そのころになったら、もう少し自分の気持ちがわかるようになっているんじゃないかな。

「あー、うまかった。デザート、たのもうか。どうする？」

お父さんが聞いてきたので、おれは答えた。

「宿題やってないから、帰ったほうがいいかな」

「おっ、そうか。じゃあ送っていくぞ」

お父さんが立ち上がった。

「コンビニで牛乳《ぎゅうにゅう》買って帰るから、そこで降《お》ろして」

家から歩いてすぐの角にコンビニがあるんだ。マンションが周りにいっぱいあるから、昼も夜も、お客が常に店内にいる。広い駐車場《ちゅうしゃじょう》に、お父さんは乗り入れて、お母さんに電話した。

「お母さん、むかえにくるって。店内で待ってろ。な？」

「うん」

お父さんは手をふって、車を発進させた。助手席の女の人は、おれが車を降《お》りたしゅんかんから、まったくこっちを見なかった。

コンビニに入って、飲みもの売り場ではなくて、アイス売り場に行った。どれにしようかな。マカダミアナッツの入ったアイスクリームか、イチゴの果汁《かじゅう》を固めたアイスバーか。

デザートは、お父さんとじゃなくて、お母さんと食べよう、と思ったんだ。

「最終回」戸口徹人《とぐちてつと》のはなし

給食のとき、先生は教卓《きょうたく》で食事をする。でも毎週月曜だけは、どこかの班《はん》に参加して、いっしょに食べる。

今日、東村《ひがしむら》先生はうちの班《はん》に来て、たまたまおれのとなりにすわった。

「先生、そのTシャツ、どこで買ったんですか〜？」

そう質問したのは、宗近陸《むねちかりく》だ。

先生はジャージの下に、いつもおもしろいがらのTシャツを着てる。たとえば今日は、シャボン玉の絵。丸いシャボン玉がいくつかういてるけど、はしっこのひとつが、ぐにゃっとゆがんでて、ひとりでスネてるみたい。横に「ショボン玉」という文字が書いてあるんだ。

おれもこのTシャツは、気になってた。すきな脱力系《だつりょくけい》ギャグマンガの絵のタッチに、ちょっと似ているんだ。

先生は、うふふ〜、とわらった。

「これね、小学校のときの同級生が作ってるTシャツなの」

「えっ、同級生」

おれが聞くと、先生はうなずいた。

「美術系《けい》の学校を出て、自分のお店を作って、こういうTシャツをいろいろ売ってるの。おもしろいでしょ？」

「おもしろい」

おれがいうと、となりの辰見立夏《たつみりか》は苦わらいをうかべる。

「ショボン玉って、ダジャレきつい〜」

先生は、Tシャツのすそをひっぱって、布地をピンとのばした。

「昔から仲良かったしおうえんしたいから、買ってるんだよ」

おれは「買う」という部分が気になった。

「友達なら、プレゼントしてくれたらいいのに。ケチじゃない？」

すると、先生は、

「あー、そこが子どもと大人の考え方のちがうところかもね」

といった。

「え、どういうこと？」

「大人になるというのは、自分のすきなものにお金を使えるようになる、ってことだと思うな」

「ふーん……？」

「逆にいうと、大人が、すきなものにちゃんとお金を使わないと、それは消えていってしまう可能性があるんだよね」

おれたち班《はん》の仲間は、みんな首をかしげている。よくわからない。

先生はキーマカレーを口に運びながら話し続けた。

「Tシャツを作ってる友達は、コンちゃんっていうんだけど、Tシャツとか自分のデザインしたものを販売《はんばい》するのが仕事なのね。趣味《しゅみ》じゃないの。趣味《しゅみ》じゃないってことは、お金をかせがないと、生活できないでしょ。それに、Tシャツを作るにもお金ってかかるんだよね。布地を買って、プリントするお金も自分ではらって、インターネット上にお店を持って、注文が来たら自分で発送する。送料はお客さんがはらうけど、Tシャツを入れるふうとうや支払《しはらい》明細書はコンちゃんが用意するでしょ」

おれは、先生のTシャツを見つめた。「ショボン玉」が、さっきよりもショボリしているように見える。

「だから、コンちゃんの作ったTシャツがすきなわたしは、買うことでおうえんできるわけ。節約するとか、無料でもらえるとか、そういうのもいいけど、すきなことにはお金を使う。それが大人の『経済《けいざい》活動』ってやつだね」

ふうん……わかったような、わからないような。

家に帰ってから、おれはソファに寝《ね》っ転がって、家族みんなで使っているタブレットをつかんだ。

おれは、マンガのアプリに登録している。お金をはらえば無限に読めるけど、はらわずに無料でも一部使える。シリーズ物の一巻《かん》が何冊《さつ》かただで読めるし、それ以外に週に一回、すきな話の最新話を一話分だけ読むことができるんだ。

父さんも母さんも「勉強のじゃまになるから」と、マンガをなかなか買ってくれない。だから、こういうアプリは助かる。

お気に入りの脱力系《だつりょくけい》マンガは『今日も給食のジャンケン負けた』というタイトルだ。作者は、カブトガニ虫という人。カブトガニなのかカブト虫なのか、どっちなんだよ！と名前からしてつっこみたくなる。

小学生男子が主人公なんだけど、ちぐはぐな感じがおもしろい。たとえば先週、主人公は、校長室のとびらが閉《と》じられていることに不満を持って、もっと開かれたふんいきの学校を作るためには、いつもとびらは開けて、だれでも入れるようにしておくべき！と、おこってるんだけど、いざとびらが開いて、先生に「きみ、中に入るかい？」と聞かれると、もじもじして逃《に》げちゃう。気が弱いんだ。その情けない感じにわらっちゃう。

毎週月曜日に更新《こうしん》されるので、おれはアプリを開いた。

うん、今週もわらえた。

だが、最後のページを開いたおれは、

思わず起き上がった。

「この連載《れんさい》は今回をもって終了《しゅうりょう》となります。

今後の単行本化の予定はありません」

えっ、えっ、何？　きちんとすわり直して画面をじっと見つめた。

作者からのコメントもあった。

「ネガティブな主人公は、そのままボク自身です。ずっとネット連載《れんさい》をさせてもらっていましたが、手ごたえないし、収入《しゅうにゅう》も少ないし、マンガ家としてやっていくのはボクにはムリだと気づきました。これからはカフェ店員になります。今までありがとうございました」

なんで？　思いがけなかった。

おれは、マンガ家という仕事のことをカンちがいしていたのかもしれない。マンガ家はだれでも、印税《いんぜい》とかいうのをいっぱいもらってお金持ちなんだと思ってた。

まあ、終わりっていうならしょうがないか。おれは、アプリのトップページにもどって、「編集部オススメマンガ」をチェックした。これは、新しく登場したマンガばかりで、第一話は無料で読めるんだ。

全部で五つ、新作があったから読んでみた。ちょっとだけおもしろいのが二つ、興味を持てないのが三つ。でも、第二話をぜひ読みたい、というほどのものはない。古い作品にも「期間限定」マークのついているものがあった。それはやっぱり同じように一話が無料で読める。

三つほど見つけて試《ため》してみた。だんだん、ページをめくるのにあきてきた。おれはなんとなく『今日も給食のジャンケン負けた』を読んでたんじゃなくて、すごくすきだったんだな、と改めて思う。

先生がいったことを思い出す。すきなものにちゃんとお金を使わないと、それは消えていってしまう可能性があるんだよね——。

あのときは、先生が何をいいたかったのかよくわからなかったけど、今ならわかる。先生は、自分のすきなデザインの服を作る友達をおうえんしてるんだ。

連載《れんさい》が再開されたら、おれ、お小遣《こづか》いからアプリに毎回百円ずつはらうよ！　でも再開されないだろうな……。

「いとこが来た」

宗近陸《むねちかりく》のはなし

「陸《りく》、和室に置いてある自分の荷物、ぜんぶかたづけて。古い教科書やら使ってないグローブやら、いろいろあるでしょ」

お母さんにいわれた。

「えーっ、なんで」

ぼくはとっておきの「イヤな声」を出した。そして、だるさを表現するために、ソファに転がった。

「大晴《たいせい》くんが、しばらくうちに泊《と》まりにくるんだって。だから和室をあけようと思って」

ん？　客が来る？　起き上がった。

「え、なんで大晴くんが来るの」

大晴くんは、ぼくのいとこだ。去年のお盆《ぼん》に、おじいちゃんの家で話して以来、会っていなかった。

「あのね、大晴くん、いろいろつかれちゃったみたい。家でうつうつとしてるらしくてね。うちに来れば、少しは気分が変わるんじゃないかって話になったの」

「えー」

「要するにうちでしばらく預《あず》かる、ってことね。二十歳《はたち》過ぎた子を預《あず》かるっていういいかたも変だけど」

大晴くんは、ぼくより十二歳《さい》年上だから二十四歳《さい》。うちのお母さんは三姉妹なんだけど、いちばん上のお姉さんの子どもが大晴くんなのだった。絵をかくのがじょうずで、マンガ家になった。おしゃべりもおもしろいし、「つかれちゃった」っていうのが想像つかない。

「つかれてる人には『今何してるの？』って聞かないほうがいいらしいから、そこんとこよろしくね」

え、そんなに気をつかう感じ？

「わかった」

とにかく、和室にある荷物をせっせと運び出して、自分の部屋に移しておいた。そのなかには、大晴くんがかいたマンガの本もあった。これはそのまま和室に置いておいたほうがいいんじゃないかな、と思ったけど、いちおう自分の部屋に置いておくことにした。


大晴くんが来た。

ほんとだ。見るからにつかれている。

前は、目がいたずらっぽくきらきらしてて、周りを観察しては、ちょこちょこ落書きしていた。その絵がおもしろくてわらっちゃったんだけど……。今は、目を大きく開くのもつかれます、って感じでうつむきかげんだ。

「前にうちに来たの、三年前だっけ。今日は道迷わなかった？」

お母さんが聞くと、大晴くんはうなずいた。

「迷わなかったけど、こんなきつい坂だっけ、って思いました。前は楽に上がれた気がするんだけど」

相当つかれてるな……とおれは思った。

うちは、商店街をぬけて、ちょっと坂を上ればすぐに着く。たいした坂ではない。駅の反対側にある上石丘《かみいしおか》のてっぺんに住んでたら、何百段《だん》も階段《かいだん》がある。うちの坂程度で「きつい」なんていっていたら、わらわれてしまう。

一休みしてから、ぼくが近所を案内してあげることになった。このあたりのコンビニやスーパーを教えておかないと、不便だろうから。

「ほんとに坂が多い街だねえ」

大晴くんは上石丘やさらに遠くの咲里《さり》が丘《おか》をながめているけど、あんまり楽しそうではない。

ぼくはいくつか店を教えてあげた。

「ほかに、知っておきたいとこある？　あ、大晴くん、本屋さん、よく行くっていってたよね。線路の向こう側にあるんだ」

するとと、大晴くんは首を横にふった。

「本屋は、今はいいや。あのファミレス入る？　ドリンクバーでなんか飲みたい」

ぼくは賛成した。うちのお母さん、あんまり外食はしないので、ほとんど行く機会がないんだ。

「なんでもたのんでいいよ、おごるよ」

と、大晴くんはいってくれたのでミニパフェをたのんだ。大晴くんはドリンクバーでカフェラテを取ってきた。

店員さんは少ない。配膳《はいぜん》マシンが、ぼくのミニパフェを運んできた。

「ファミレスだったら働けるかなぁ」

大晴くんがため息をつく。

「え？」

「おれ、おしゃれカフェで働いてたんだけど、すぐクビになった」

「え、そうなの？」

マンガは？　と聞きたかったけれど、お母さんに「今何してるの？」と聞いてはダメだと言われたのを思い出した。

ぼくはその後に続ける言葉を見つけられなくて、なんとなく天井《てんじょう》を見た。もちろん何も書かれていない。その沈黙《ちんもく》で、大晴くんはぼくの聞きたいことがわかってしまったみたいだ。向こうから教えてくれた。

「マンガはやめたんだ」

「え？」

「それで、カフェの店員になろうと思って。でも、マルチタスクが苦手なんだってわかった」

「マルチタスク？」

「いくつもの作業を同時にやること。それが苦手なんだ」

「ふうん」

「注文を取ってる最中に、ほかのお客がレジに行くから精算する。そうすると、注文のことを忘《わす》れる。ドリンク作るようにたのまれてたけど、お客が帰った後のテーブルがきたなくて、そうじしてたら、あ、ドリンク作るの忘《わす》れた！　みたいな」

「それは目が回るね」

「ほんとムリ」

沈黙《ちんもく》が流れる。

「大晴くんのかく絵、すきだったなぁ。うちに全巻《ぜんかん》あるよ」

「全巻《ぜんかん》っていっても、四巻《かん》だけどな」

「あ、うん……」

「陸みたいにいってくれる人はいないんだよ。今、マンガってきびしくてさ――」

大晴くんは、ぐちをいい始めた。

「マンガって、ほんと大変なんだってさ」

次の日、給食の時間にぼくは、大晴くんから仕入れたばかりの話を、班《はん》のメンバーにひろうした。みんなマンガはすきだから、いっしょうけんめい聞いてくれる。

「昔は大人も子どももマンガ雑誌《ざっし》をお金出して買って、単行本が出たらまたお金出して買ってたらしい。でも、今はインターネットで読める無料のものがふえたから、一巻《かん》、二巻《かん》は無料にして、三巻《かん》からお金取る、っていうのがふつうになってきたんだってさ。だからマンガ家って、たくさんかかないともうからないんだって」

「へえ〜」

みんながあいづちを打ってくれる。特に徹人《てつと》は、食べるのをストップして耳をかたむけている。

「ストーリーマンガならいいけど、大晴くんは小学生が主人公のほのぼの系《けい》ギャグマンガだから、一、二巻《かん》で満足して、三巻以降《かんいこう》を買ってくれる人が少なくて、もうムリって思ったんだって」

「あ、あの……その大晴くんって、本名でマンガかいてる？」

徹人が聞いてきた。

「いや、ペンネームはたしか……あれ、なんだっけ。マンガのタイトルは……えーと、家にあるんだけどな」

「タイトル、もしかして『今日も給食のジャンケン負けた』？」

「あ、それそれ！　え、なんでわかった？」

「小学生が主人公のギャグマンガってほかにあんまないと思うから。名前はカブトガニ虫さんだよな？」

「そうそう、それー！　え、つか、なんで徹人知ってんの？」

徹人が答える。

「おれ、大ファンだったんだけど」

「えーっ？」

今度はぼくが目を見開く番だった。

ぼくは大晴くんとこの間のファミレスに行った。そして、その時間に、徹人に来てもらった。ふたりを会わせたかった。

大晴くんはカフェラテ、徹人はコーラ、ぼくはオレンジジュースを前にしてすわっている。会わせなきゃよかったかも……後悔《こうかい》し始めていた。

ふたりとも、しゃべらないんだ。

テーブルの下で、ぼくは徹人の足をけった。なんかいえよ。

ようやく徹人が口を開く。

「あ、ええと」

「いいんだよ。本当のこといって」

大晴くんが不意に顔を上げた。

「ウソなんでしょう？　おれのマンガなんて読んだことないんでしょ？　陸にたのまれて、おれのファンのふりをしてはげまそうとしてくれてるだけなんだよね？」

おれは徹人がムッとするんじゃないかと思った。ところが、徹人はわらいだした。

「あははっ、やっぱ、カブトガニ虫さんってネガティブですね。主人公とおんなじだ」

「え！　君、本当に読んでくれてたの？」

「読んでました。ガチで大ファンで。でも、クラスであんまりマンガの話、したことないから、まさか陸の親せきの人があのマンガをかいてたなんて！」

「いや、うれしいよ。読んでてくれたなんて」

「あ、でも……すみません」

徹人の耳が赤くなった。

「マンガアプリで、毎週一話だけ無料で読めるっていうサービス使って読んでて。無料で読んでるファンは、本当のファンじゃないですよね……」

「え」

「うちの担任《たんにん》の先生が、『すきなことにお金を使えるのが大人だ』って。おれはなんにもできなくって」

「お金をはらう以外にも、助けてくれる方法はあるんだよ」

「え！　なんですか」

「今、君がやってくれたこと」

「へ？」

「感想をもらえると、すごく元気がもらえる。たったひとりでも、ふたりでも。よーし、その人のためにって思える」

「でも……ファンレターっていっぱい来てたんですよね？」

「いっぱい来てたら、やめなかったよ。おれにメッセージをくれる人なんていなかったな。ネットでちょっと書いてくれた人はいたけど」

「そうなの？」

徹人がおどろいている。ぼくもわかってなかった。マンガ家って熱心なファンがいっぱいいるような気がしてた。

「おれのマンガに『テットくん』って新キャラ出していい？」

大晴くんはポケットから小さいボールペンを取り出した。そして、紙ナプキンにさらさらと絵をかき始める。徹人の顔だ！

「え、マンガ、やっぱり再開するんですか？」

徹人の目がきらっとかがやく。

「編集部にやめるって伝えちゃったから、連載《れんさい》は再開できないだろうけど、おれがかいて、君に送ることはできるから」

「は、はい！　感想送ります！」

徹人の声がうわずっている。ぼくも会話にくわわった。

「ぼくも読ませてほしいな」

「もちろんだよ。読みたいっていってくれる人は、マンガ家にとって宝《たから》だから」

大晴くんの笑顔《えがお》、久しぶりに見た。

「台風」 中川《なかがわ》苺《いちご》のはなし

台風が近づいている。

授業、とちゅうで中止になって早めの下校にならないかな〜と思ってた。でも、結局いつも通りだった。五時間目の算数が中止になればと期待してたんだけども。

今回のは風台風じゃなくて雨台風だって先生がいってた。風はそんなに強くないけど、雨の量が多いんだって。

学校を出ると、その通りだった。ザバザバと雨が降《ふ》っている。水たまりに落ちた雨は、ぷくっとあわを作って、しばらくすると消えていく。

同じクラスの月乃《つきの》ちゃんといっしょに帰ってたけど、ひとりで帰るのと同じようなものだった。カサに当たる雨の音と、地面に落ちる雨の音がうるさすぎて、会話ができない。

あえてしゃべろうと思うと、大きめの声を出さないととどかないの。

「ねえねえ！　雨が流れてく！」

わたしがどなると、月乃ちゃんは、

「小さな川になってるよね！」

と、どなりかえしてきた。

月乃ちゃんの家は、上石丘《かみいしおか》の坂を上りかけて、道が二手に分かれるところの右側にある。

左側に行くと、すぐに上石《かみいし》神社の鳥居が見えるの。

「じゃあねーっ！」

どなって、さよならしてからわたしはさらに右側の坂を上った。丘《おか》には階段《かいだん》がいくつかあるんだけど、うちは坂道を通ったほうが近いんだ。道は一方通行で、降《お》りてくる車のみ。

後ろを気にする必要がないので、カサを差しているとき楽なの。

坂道はとちゅうで大きくカーブしている。そこを曲がると上のほうにわたしの家の白いかべが見えてくる。

見上げて、ハッと立ち止まった。

上から何か黒いものが流れてくる！

葉っぱとかそういう小さなものじゃなくて、もっと大きいもの。うちの弟が持ってる、野球のグローブに似てるかも。ううん、もう少し固いものに見える。

みるみる近づいてくる。ぶつかったら、わたし、ケガしちゃうかも。

とっさに、かべにへばりつくようにして、その黒いものをよけたの。

そしてその正体に気づいた。

カメだ！

まちがいなくカメ！　だって甲羅《こうら》のもようが見えたし、足がちょっと出てたような気がする。

「あ……」

といってる間に、カーブをぐいんと曲がって、カメは消えてしまった。

大変！

わたしは走り出した。カメが流れて行ったのとは逆方向、自分の家に向かってダッシュした。坂を流れてくる雨をばしゃばしゃと踏《ふ》みながら走ると、スカートがぬれる。でもそんなこと、気にならない。

「ただいま！　お父さんいる？」

げんかんからどなると、

「ほーい」

奥《おく》の部屋からのんきな声が聞こえてきた。お父さん、出勤《しゅっきん》は週に二度だけで、あとは家でパソコンに向かって夕方まで仕事してるの。でも、会議してないときは、話しかけたってだいじょうぶ。

わたしは、閉《と》じたカサをげんかんに投げだし、レインコートを着たまま、ろうかを小走りに進んでお父さんの部屋に行った。ろうかに雨つぶがいっぱい落ちる。

「カメが！　流れていったの」

「ん？　カメ」

マグカップを口に当てながら、お父さんは聞いてくる。

「上の池にいる五ひきのカメの一ぴきだと思う。たぶん、池があふれちゃったんだよ。もしかしたら、ほかの四ひきも流れちゃったのかもしれない」

てっぺん広場に池がある。周りに大きな木が何本かあって、水面に影《かげ》を作ってる。コイとカメがいるの。コイの数はわからないけど（たぶん二十ぴきくらい）カメは五ひきいる。大きな岩がいくつかあって、そこでよく甲羅《こうら》ぼしをしているの。

「それは……ちょっと大変だな」

お父さんの反応はにぶい。

「ちょっとどころじゃないよ！　うちの街のアイドルたちがいなくなっちゃったかもしれないんだよ！」

アイドルは大げさだ。小さいころから見なれすぎてて、会えてうれしいとか、いちいち思わない。でも、いなくなるなんて考えられないもん。

「わたし、池に確かめに行ってくるね！」

本当は、流れて行ったカメも助けに行きたいけど。

するとお父さんが、首を横にふった。

「ダメです」

「なんでーっ」

「台風のときは出歩かない。わざわざ危険《きけん》なところに行かない。それ鉄則」

「でもぉぉぉっ」

そんなのおかしいよ。学校はいつも通り授業をやって、今、坂を上って自力で帰ってきたんだから。いつも通り遊びに行ったっていいはずだよ？

「自治会のメンバーにメッセージを送ってみる。雨がやんだら、だれか確かめてくれるだろう」

お父さんはパソコンに向かってカチャカチャやり始めた。

こっそり出かけちゃおうかな、と思ったけど、お父さん、ふだんやさしげに見えて、約束を破るとすごくおこるんだよね。

カメ……心配……そう思いながら、結局出かけなかった。


次の日の朝、台風一過の快晴、というわけにはいかなくて、まだどんよりした雲が空をおおっていたけれど、雨はやんでいた。

朝ごはんの前に、わたしは家の前の落ち葉をそうじすることになっているんだけど、それをサボって、走って、てっぺん広場まで行ってみた。広場までは二、三分で行けるから。

あ、まずい。近所のおばさんが犬を散歩させている。うちのお父さんに「苺《いちご》ちゃん、さっきてっぺん広場で見たよ」って告げ口されたらこまる。

でも、逆にあたり前の顔をして堂々としていたら、わざわざいわれないんじゃないかな、と思って、わたしは、

「おはようございまーす」

と、ふつうにあいさつして、歩き続けた。

木の枝が何本か折れて、地面に転がっている。風はそんなに強くなかったとはいっても、やっぱり被害《ひがい》があったみたい。

歩いているうち、ますます心配になって、小走りに変わった。池の前に着いた。

あれ？　いる。

ニホンイシガメが、いつもみたいに大きな岩の上で甲羅《こうら》ぼしをしている。

ただし、一、二、三……四ひきだけ。

一ぴきは見つからないの。

水にもぐってないかな。別の岩かげにいないかな、と、ぐるっと回ってみたけど、やっぱりいない。

そうだよね。わたし、見たもん！　絶対にあの坂を流れて行ったもん。

わたしは家にもどった。落ち葉をちょっと拾って、そうじをしたことにして終わりにした。お父さんもお母さんも朝はいそがしいから、気がつかれなかった。

でも、ちゃんといったほうがよかったな。

カメがいないの！　という心配事を話すことができない。

登校して、教室に入って月乃ちゃんをさがしたのに、すがたが見当たらない。いつも、わたしよりも早く登校するのにな……と思っているうちに、朝の会が始まってしまった。

五分くらいたったところで、月乃ちゃんが入ってきた。

「あら、名木岡《なぎおか》さん、ちこくは初めてじゃない？　どうしたの？」

先生が聞くと、月乃ちゃんはいった。

「緊急《きんきゅう》事態だったんです。カメの」

「え、カメの？　どういうこと？」

わたしも、先生と同じことを心のなかで思った。え、カメの？　どういうこと？

すると、月乃ちゃんは、つくえにリュックを置いて、立ったまま説明し始めた。

いつも通り家を出て、坂道を下りて、分かれ道のところで神社のほうを見たら、黒くて大きいものが、ゆっくり動いてたそうだ。

「よく見たらカメだったんです。神社の池から水があふれて流れ出て、自分でいっしょうけんめいもどろうとしてるんだ、と思って、神主さんを呼《よ》んで、いっしょにカメを池にもどしたんです」

「あら、すごくいいことをしたのね」

「でも、神主さんとカメの数を数えたら、六ぴきいたんです。本当は五ひきのはずなのに」

「わかったーっ」

わたしは思わず声を上げてしまった。先生も月乃ちゃんもクラスのみんなも、びっくりした顔でこちらを見ている。

「カメは！　上の池から流れ落ちたんです」

そうわたしが説明すると、月乃ちゃんが両手を顔の前でパチンと合わせた。

「ああっ、そういうことかっ！」

　放課後、わたしと月乃ちゃんは、神社に行った。鳥居をくぐると、本殿《ほんでん》の右横に池がある。てっぺん広場の池よりも大きい。でっかい岩が、池のまんなかあたりにもある。

神主さんが歩いてきた。説明するまでもなく、もう神主さんも、上の池からカメが流れてきたんだ、と気づいていた。さらに、ほかのことにも。

「あの一回り大きなカメが、けさ来たやつなんだが、ずーっと同じカメの横にいるんだ」

たしかに、中央の岩のまんなかに、大小二ひきのカメがいる。

「もしかして、あの二ひきは夫婦だったか、すき合ってる者どうしだったのかもしれん」

「え?」

わたしと月乃ちゃんは顔を見合わせた。

神主さんがいうには、もともと十ぴきのカメがこの池にいたらしい。でも、十五年前にてっぺん広場の池を整備したときに、コイだけじゃ物足りないし、下の池のカメが多すぎるから、上に半分移そう、ということになったのだそうだ。そのときに、すき合っている二ひきを引きさいてしまった可能性があるのかもしれない——。

「ええ……十五年間、ずっと会いたくて会いたくて、池があふれるチャンスを待ってたのかな。今だ! って思って飛び出して、坂を流れ落ちて行ったのかな」

わたしがいうと、月乃ちゃんが続ける。

「でも行きすぎちゃって、いっしょうけんめい鳥居に向かって上ってたのかな」

想像すると、ちょっとなみだが出そうになってしまう。

十五年なんて、わたしが生まれる前の話。そのころから、カメはあきらめずに、ずっとずっと思い続けてたのかなぁ。

よりそっている二ひきのカメを、わたしは見つめた。

「カメ、このままにしときますよね？　上の池にもどさないですよね？」

神主さんに聞いたら、

「もちろん」

と答えてくれた。よかった!!

そんなわけで今、上の池には四ひき、下の池には六ぴきのニホンイシガメがいるんだよ。

「きらいなもの」音村良哉《おとむらよしや》のはなし

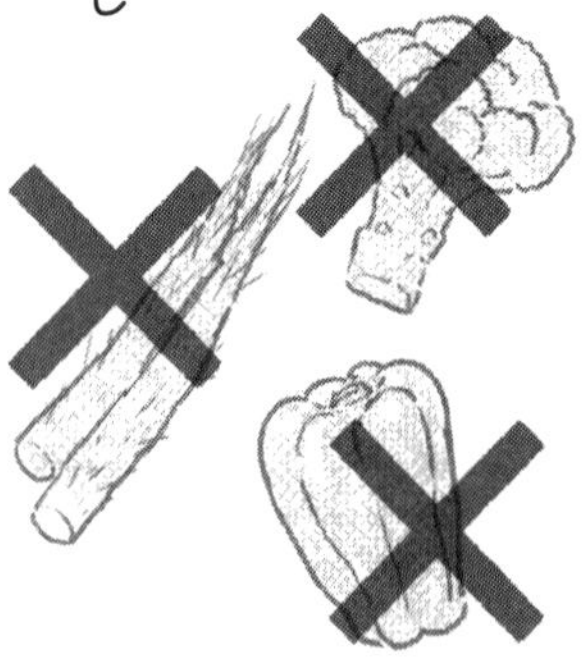

毎年、お盆《ぼん》は新幹線に乗って、おばあちゃんの家へ行く。おじいちゃん、それから先祖のお墓参りのために、親せきが集まるのだ。

旅行できるなんていいね、と、クラスでとなりの席の美琴《みこと》にはいわれたけれど、ぼくはそんなにわくわくしない。

こまることのほうが多いから。

お墓参りが終わって、夜、みんなでごはんを食べた。

となりにすわった奈々絵《ななえ》おばさんが話しかけてくる。

「良哉《よしや》くんって今、何がすきなの？」

「うーんと」

ぼくはこまる。すきなものは特にない。

「すきな科目は？」

「ええっと」

算数と理科の成績はいい。でも、すきなのかといわれるとよくわからない。

周りのおじさん、おばさんもくわわって、

「どんなテレビがすきなの？」

「今どきの子って、やっぱりすきなユーチューバーとかいるの？」

「すきな子はいるの？」

と、質問ぜめは続く。

うまく答えられなくて、じゃあ口から出まかせで適当なことをいおう、と思うと、いつの間にか「すきな色は何か」という話題に移っていた。

辰雄《たつお》おじさんは「赤がすき」だと主張する。おうえんしているプロ野球チームのカラーが赤だからだそうだ。多恵《たえ》おばさんは「エメラルドグリーンがすき」らしい。

「良哉くんは？」

聞かれたので、適当に答えようかと思ったけれど、「なぜその色？」と理由を聞かれるとこまるから、やっぱり、

「うーん」

と、首をかしげている間に、「すきな色」の話は終わって、別のテーマに移っていた。

ぼくは自分がおかしいのかなと思う。すきなものが特にない。きらいなものはあるのに、

「これがすき」と思ったことはない。

ぼんやりしながらお茶を飲んでいると、左どなりにすわっていた、いとこの慶介《けいすけ》くんが話しかけてきた。「くん」づけしてしまったが、慶介くんはぼくより十歳《さい》年上の大学生だ。

「もしかして、おれと同じ？　すきなものがないタイプ？」

「え、慶介くんも？」

「ああ」

仲間がいたのか。ぼくはこくっとうなずいた。

「じゃあ、さっきみたいな質問ぜめにあうと、いろいろめんどくさいよな」

また、こくっとうなずく。

「おれの経験からいうとさ、きらいなものを消してくんだ。で、残ったものが『まあ、すき』ってことになる」

「あ……」

「たとえば野菜ならさ。ピーマンすき？」

「きらい」

「ニンジンすき？」

「食べれるけどきらい」

「そうやって、野菜のリストからきらいなやつを消してけばいいってこと」

ぼくはうなずいた。

「やってみる」

慶介くんは野菜をただの例として挙げたんだ、ということはわかっている。

でも、ぼくはまず本当に野菜からやってみることにした。

まずネットで、栄養のある野菜ベスト20ランキングを見つけたので、そこからきらいなものを消していくことにした。ブロッコリーは味がどうもきらい。ゴボウは固いからきらいかな。トウモロコシとトマトは別にきらいじゃない。キャベツは……わき役だと思っていた。野菜いためにに入っていても、焼きそばに入っていても、ああキャベツだ、なんてわざわざ味わうことはない。つまり、別にきらいではないんだけど、トウモロコシやトマトに比べると、うーん、きらいかもしれない。なので線を引いた。

ランキングの十九の野菜を分類したけれど、ひとつだけ知らないものがあった。見た目も味もわからないから分類しようがない。

それは「モロヘイヤ」。

しかもこの野菜、「栄養のある野菜」ランキングの第一位にかがやいているのだ。

検索《けんさく》した画像を見ると、コマツナやホウレンソウなどと、少し似た青菜のようだ。

ちゃんと食べて判断しよう。

お母さんに、モロヘイヤを食べてみたいとたのんだら、

「モロヘイヤ？　たしかにスーパーに売ってるけど、わたしが子どものころは、あんまりなじみがなかったのよ。よくわかんないのよね。良哉が自分で料理するなら、買ってみてもいいけど」

といわれた。

「え、ぼくが料理？」

「ネットで調べたらレシピ出てるでしょ、きっと」

料理なんてしたことないのに、初めて買うモロヘイヤを料理するって……ハードル高すぎる。

でも、インターネットで検索《けんさく》したら「モロヘイヤのおひたし」というレシピがけっこうたくさんあった。さっとゆでて、しょうゆなどで、あえればいいだけ。それならできそう

だ。

日曜日、お母さんの買い物についていって、スーパーでモロヘイヤを買ってもらった。お金を出したのはお母さんだけど、自分が選んだからか、ビニールのなかの葉っぱがなんだかかわいく見えてくる。

熱湯をわかして塩を少し入れた。モロヘイヤは、クキの下のほうが固い。それを取りのぞいて、熱湯に入れる。四十秒くらい。

お湯を切って、水をかけて冷やしてから、まな板にのせて、細かくきざむ。包丁でトントン、トンと切っているうちに、納豆《なっとう》みたいにネバネバしてくるのでおもしろい。

ねっとり糸を引くから、最後にお皿へ移すのも大変。しょうゆと酢《す》とごま油をまぜておいて、それをドレッシングみたいにかけて、まぜた。

食べてみたら……微妙《びみょう》。

ねばねばしているのはおもしろいけど、口に運びにくいし、苦みもあるような。

でも、きらいということはない。

それ以来、いろんな新しい野菜をチェックするのが習慣になってしまった。

お母さんがいつも行っているスーパーにも、ぼくが名前を知らない野菜はある。たとえばビーツ。あと、空芯菜《くうしんさい》も。それからパクチーは、名前を聞いたことはあるけれど、食べたことはなかった。

ビーツはかんだときの食感がちょっと苦手かな。空芯菜《くうしんさい》は、もっと長くいためればよかった。ちょっと固かった。

パクチーは意外とたくさん食べられて、

「あら、良哉、こんなクセのある野菜、食べられるのね！」

とお母さんにおどろかれた。

商店街のなかの青果店に行ったら、もっといろんな野菜があることがわかった。

「何これ？　見たことないんだけど」

知らないものを買ってきて、ネットでレシピを調べて調理して、味を確認《かくにん》する。

店にある野菜はもうぜんぶわかるようになった、調査は終わった！　と思っても、一週間二週間たつと、また新しい野菜を見つけてしまうことにもおどろいた。

野菜は一年中同じじゃなくて、「旬《しゅん》」があるそうだ。夏野菜とか冬野菜とか。勉強になる。


そんな勉強の成果を、発揮《はっき》する日が来た。

その日の給食のメニューを見て、となりの席の美琴《みこと》が首をかしげた。

「コリンキー？　何それ」

その日のメニューは、クリームシチューとコリンキーのサラダ、と書いてあった。

ぼくは教えてあげた。

「生で食べられるカボチャみたいなもんだよ」

「え、何それ、おいしそう！　すごい、良哉知ってるんだ。ねえ、みんな、生で食べられるカボチャだって〜」

と、美琴はクラスの人たちに広めている。

給食の時間はコリンキーの話でもちきりになった。同じ班《はん》ごとにつくえを合わせて食べるのだけれど、

「このオレンジのがコリンキーだね？」

と、豪太郎《ごうたろう》がつついている。

みんな、そんなに知らないのか。まあ、ぼくもこの間まで知らなかったけど。青果店で見つけたから買ってみたのだ。そのときは、レシピを見つけて浅づけを作った。

「ふつうのカボチャって、皮が固くて包丁で切るの大変だろ？　でもコリンキーの皮はすごくやわらかくて、スライサーでも切れるくらいなんだ」

「カボチャを包丁で切ったことねーわ。おまえ、あるの？」

豪太郎が聞いてくる。

「あるよ」

と答えたら、目を見開いている。

「料理男子！」

ぼくは説明を続ける。

「コリンキーは、やわらかいから生で食べるのがおすすめなんだ。ぼくはこの間、浅づけを作った。サラダを食べるのは初めてなんだ」

口に入れてみた。うん。すき、とまでは思わないけど、悪くはない。

そのとき、美琴がいった。

「良哉って、料理をいっぱい作るの？」

「いや、野菜限定。いろんな野菜を知りたくて」

「そっか！　すごい！　野菜がすきなんだね！」

ん？　ぼくはさっきの豪太郎みたいに、目を見開いてしまった。

野菜はちっともすきではない。きらいじゃない野菜はいっぱい見つかったけど、これがすき！　というのはいまだにない。

でも、それはぼくが考えることであって、周りの人から見たら、「野菜がすき」なのかもしれない。

そうか！　算数の公式の仕組みがわかったときみたいに、頭のなかにひらめきが起こった。

すき＝くわしい

こういう考え方があるんだ、きっと。だから何かにくわしかったら、それがすきなんだね、と思ってもらえるんだ。

「サラダのコリンキー、食べやすいかも」

ぼくが食べ始めると、みんなも口に入れて、もぐもぐかんだ。

「あまい！」

「すきだ、これ」

そんな声が次々と上がる。

そういわれると、ぼくもそんな気がしてきた。すき……かも？　いっしょにうなずいた。

「ダッシュ！」島倫也《しまともや》のはなし

「位置について」

審判《しんぱん》の声で、第一走者の四人が白線の前にならんで、前傾姿勢《ぜんけいしせい》を取る。

一組は青、二組は赤、三組は白、四組は黄色だ。各チーム十二人。一年生から六年生までそれぞれ二人ずつ選ばれている。

運動会の最後の競技がこのリレーだ。おれはアンカーなので、十二番目の走者になる。だから、まだドキドキしていなくて、その場で軽くジャンプしながら、

「伊織《いおり》、ファイト！」

と、第一走者の杉《すぎ》伊織に声をかけた。伊織が、前方に目を向けたまま、小さくうなずく。

ピーッ。

甲高《かんだか》いホイッスルが鳴った。

六年生四人がいっせいに走り出す。一周二百メートルのトラックを半周する。そこには五年が待っていて、また半周走る。

伊織は速い。二位の子に約一メートルの差をつけて、バトンタッチした。

本当は伊織がアンカーをやってくれたらいいなと思っていた。でも、「おれよりシマのほうが断然速いんだからさ。おまえがアンカーだろ」と説得された。

伊織のバトンを受けて走っているのは五年生。みるみるすがたが大きくなってきて、おれの目の前で四年生にタッチした。その四年生が半周走ると、次は三年生。一年から三年は、四分の一周なので五十メートルだ。

おれも、低学年のときは、リレーの選手に選ばれたのがほこらしかったな、と思う。特に一年生のときは、お父さんが「すごいじゃないか！　父さん、一度もそういうのに選ばれたことないんだ」と大喜びしてくれた。

一方、お母さんは足が速くて、大学までバドミントンをやっていた。だから「あら、あんたも選ばれたの」というくらいの反応だった。お母さんの兄妹《きょうだい》、つまり伯父《おじ》さんや叔母《おば》さんも、元スポーツ選手だ。「倫也《ともや》くんは、どんなスポーツをこれからやっていくつもり？」とたびたび聞かれた。

低学年のころは、うーん、とまじめに考えていたけれど、四年生になったころ、気づいた。別におれは、どんなスポーツもそんなにすきじゃないんだよな……。

そんなことを考えているうち、二年生のランナーが、スタートラインに向かって走ってきた。待っているのは一年生。

バトンパスしたしゅんかん、

「あっ」

おれもふくめて、みんなが声を上げてしまった。バトンを受け取るとき、一年生の子が転んだのだ。バトンが手をはなれて、コロコロ転がっていく。

「だいじょうぶ。ぜーんぜんだいじょうぶ」

おれはどなった。

「バトンを拾って、走ればいいんだよ」

口が曲がって泣きかけていたその子に、おれの声はとどいたみたいだ。バトンをつかんで、走り出した。

組別対抗《たいこう》のリレーは、運動会のいちばんの花形種目だとよくいわれる。選ばれる選手をうらやましい、という人も多い。

でも、おれたちは、たまたまタイムが速いから選抜《せんばつ》されただけで、自分でやりたいと思っているとは限らないんだ。

だから、今転んだ子だって、変に責任を感じることはないと思うんだよ。

おれ自身についてもう少し話すと、走るだけではなくて、ボールを操《あやつ》ったり、ジャンプしたり、そういう運動神経がとびきり発達しているらしい。

四年生のとき、近所のサッカークラブに入部するように強くさそわれた。コーチが遠い親せきの人で、名字も同じ「島《しま》」なんだ。断りづらいわね、いちおう入ってみる？　とお母さんにいわれて、なんとなく入った。

サッカーは別にきらいじゃない。受けたパスを次の人に回せるか、相手をうまくかわせるか、シュートが決まるか。いろんな要素があって、おれが家でやるゲームに似ている。

ただ、ほかのメンバーみたいに、大会で負けてなみだを流すような「熱さ」がおれにはない。

五年生になって、学校のバスケットボール部にも強くさそわれて、放課後に部活をやることになった。本当はおれ、美術部に入ろうかなと思っていたんだけど、断り切れなかった。

バスケの先生とサッカーのコーチは同じことをいう。「子どものころにいろんなスポーツをやっておくと、体幹が強くなって、将来《しょうらい》、自分が本当に選んだ競技で活躍《かつやく》できる」のだそうだ。おれは心のなかで思う。クラスの大半のやつは、将来《しょうらい》のゆめが決まってないのに、おれは絶対スポーツをやらなきゃいけない、って決まってるのかなぁ。

グラウンドから、はくしゅが起きた。

さっき転んだ一年生が、がんばったんだ。次の一年生に無事、バトンがわたった。先生がかけつけて、その子のすりむいたひざをチェックしている。

黄、白、赤、青の順で走っている。今度は、ランナーが一年生から二年になる。そして三年、四年と学年が上がっていく。

そろそろおれも待機しよう。アキレス腱《けん》をのばし、それからその場でダッシュする練習をした。

目の前を四年生が走っていく。先頭の黄と白の順位が入れかわった。青も、赤に追いつきそうだ。

「ファイト！」

おれはどなった。

四年生は半周走って、五年生にバトンパスした。青が赤をぬいて、三位に浮上《ふじょう》した。

おれがレーンに立つと、

「たのんだぞ！　シマ」

「逆転だっ」

大きな声が上がった。青組のおうえん団がこぶしをつき上げている。おうえん団長の宮《みや》町豪太郎《まちごうたろう》が壇上《だんじょう》で、体をそらせて声を上げていた。長いハチマキが風になびいている。

おれは手を挙げようと思ったが、時間がなかった。

みるみる五年生たちは近づいてくる。

黄の選手がバトンパスした。続いて白。三メートルほど空いて、来た！　青組の五年生。

おれは手を後方に出しながら、もう走り出していた。バトンがすぽっと手にうまくはまった。

よしっ。

おれは走り出した。

アンカーは二百メートルのトラックを一周する。

「勝て勝てシーマ！　ファイトォ！　青組」

おれは青組おうえん団の席からどんどん遠ざかっていっているはずなのに、ふしぎとおうえんの声が大きく聞こえる。

「シマァ！　がんばって！」

辰見立夏《たつみりか》と中川苺《なかがわいちご》が、手をふっている。さらに走ると、今度は菱沼樹《ひしぬまいつき》がハチマキをふり回しているのが目のはしにうつった。

おお、すごいな。

クラスの何人かがトラックのいろんな場所に待機していて、ランナーが近づくと声えんを送ってくれているんだ。

元気が出る。

前方の白組の選手の背中《せなか》が大きくなってきた。長い直線コースで、おれは外側からぬき去った。前を走っているのは、あとひとりだ。

「勝て勝てシーマ！　ファイトォ！　青組」

おうえん団の声がさらに大きくなる。

運動はそんなにすきじゃないし、リレーの選手に選ばれるのも別にうれしくない。でも毎年思う。こうやってみんながおうえんしてくれる瞬間《しゅんかん》はすきだ。そして、速く走ったら喜んでもらえるから、もっとがんばりたいと思う。

カーブに入って、逃《に》げる黄の選手を追いかける。体のすみずみに力がみなぎっていく。

おれの進学する中学ではリレー競技はないらしい。だから、これが最後のリレーなのかもしれない。

黄の選手にならびかける。カーブで外側からぬくのはむずかしい。

ゴールが近づいてきた。青組のおうえん団が身を乗り出している。いつも上品なふんいきの広井美琴《ひろいみこと》があんなに大きな口を開けてさけんでるの、初めて見るな。戸口徹人《とぐちてつと》も物静かで、教室であんまりしゃべらないのに、こっちを見てさけんでいる。

このクラスのみんながすきだな。

そう思ったしゅんかん、おれは自分のなかにまだ余力が残っていたんだ、と知った。さらにギアが上がって、足の回転が速くなる。

勝つ。

青組のために、六年一組のために。

白いゴールテープが見える。おれと黄の選手がならんだ。どちらがゴールテープを切るか！　思いきり、上半身を前につっこみながら、おれはテープめがけてとびこんだ。

「勝った！　勝った勝った勝った勝った！」

おうえん団の列がくずれて、みんなが飛び出してきた。

アレンがおれにハイタッチする。

「ビクトリア！」

これ、たぶんスペイン語でビクトリー、
つまり勝利のことだな。

後ろから背中《せなか》をたたいてきたのは伊織だ。横に尾田歌《おだうた》もいる。

スポーツって、やっぱりいいものかもしれないな。

おれはみんなといっしょに、空に向かって手をつき上げた。

吉野万理子　作

よしの・まりこ

作家、脚本家。2005年『秋の大三角』で第1回新潮エンターテインメント新人賞、『劇団6年2組』で第29回、『ひみつの校庭』で第32回うつのみやこども賞、脚本ではラジオドラマ『73年前の紙風船』で第73回文化庁芸術祭優秀賞を受賞。その他、「短編小学校　5年1組」シリーズ、「チーム」シリーズ、『いい人ランキング』『部長会議はじまります』『雨女とホームラン』『100年見つめてきました』など著書多数。

丹地陽子　絵

たんじ・ようこ

イラストレーター。三重県生まれ。東京藝術大学美術学部デザイン科卒。書籍や雑誌の装画や挿絵、広告のイラスト等で活躍中。装画・挿絵を手がけた主な作品に『ポプラキミノベル　いまをいきる』『つくしちゃんとおねえちゃん』『卒業旅行』『あの花火は消えない』「大草原の小さな家」シリーズなど多数。

短編小学校《たんぺんしょうがっこう》4
6年《ねん》1組《くみ》すきなんだ
2024年 5月 8日 第1刷発行

作　者　吉野万理子
画　家　丹地陽子
発行者　吉川廣通
発行所　株式会社静山社
〒102-0073　東京都千代田区九段北 1-15-15
電話 03-5210-7221
https://www.sayzansha.com
印刷・製本　中央精版印刷株式会社
装　丁　城所潤（ジュン・キドコロ・デザイン）
編　集　荻原華林

ISBN978-4-86389-809-7

雨女とホームラン

吉野万理子 作
嶽まいこ 絵

野球少年の竜広は、朝の占いに一喜一憂。となりの席の里桜も占い好きと知って盛り上がるが、ある日、転校生に雨女疑惑がもちあがり…。今日の運勢がいいひともそうでないひとも、ちょっと考えてみてほしい、あるクラスの物語。

短編小学校1
5年1組ひみつだよ

吉野万理子 作
佐藤真紀子 絵

「短編小学校」はあるクラスの子どもたちを主人公にした短編集です。1話読み切りで、どの話、だれの話からでも楽しめます。ページをめくれば、まるでとなりの席の子とないしょ話をするような、新感覚の読書時間が始まります。